文春文庫

急がば転ぶ日々

土屋賢二

文藝春秋

まえがき

本書は週刊文春のコラム「ツチヤの口車」をまとめたものである。誤解のないように断っておくが、本書は六法全書をまとめたものでもアルマジロの飼育法をまとめたものでもなく、またレポートのまとめ方やクセ毛のまとめ方を解説したものでもなく、まして薄毛のまとめ方を説いたものでもない。万一そのような内容が読み取れた場合、専門書としての発売を検討したいので、ご一報いただければ幸いである。

本書に収録したエッセイは、ロシアのウクライナ侵攻、老化、生きがい、ダイエット、片づけなど、多岐にわたっている。広く網を張ればだれかに引っかかるかもしれないからだ。

とくに高齢化の時代を見すえ、高齢者受けを狙って老化の話題を多く取り入れている。わたし自身、押しも押されもせぬ高齢者である。

最近になって、歳をとるということがどういうことか分かってきた。何といっても残された時間が少ない。時間がないから、何をするにしても急ぐ必要がある。急げないならあきらめなくてはならない。

そのため、わたしはホメロスの作品を古代ギリシア語で読むのをあきらめ、ピアノでバッハの『インベンション一番』を一分以内に一度も間違えないで弾くことをあきらめ、部屋を片付けることをあきらめ、海外の難民に救いの手を差しのべるボランティアの医師になるために医学部に入る受験勉強をするのをあきらめ、オリンピックもノーベル賞も断念し、ダイエットも断念中である。しかし直木賞、日本エッセイスト・クラブ賞はまだあきらめていないことを高らかに宣言しておきたい。審査員各位には、わたしを推挙することをためらわないでいただきたい。

本書のタイトル『急がば転ぶ日々』について説明しておきたい。

残された時間がない高齢者はいつも急いでいる。「急がば回れ」と言われるが、回っている時間的余裕がない。回るとしても、その場で自転するぐらいだ。回る時間を惜しむぐらいならなぜ老人はゆっくりとしか動かないのか。こう問われるだろう。

たしかに老人の動作はゆっくりしていて、落ち着いているように見えるかもしれないが、すばやく動けないだけだ。心の中は大車輪だ。火の車だ。心の中いっぱいに赤い太字で「大至急」の看板が立てられ、緊急警報が鳴っている。諸事情により、迅速な動作ができないだけだ。

「急がば回れ」という格言があてはまるのは、ありあまる時間をもつ若いときだけだ。だが残念なことに、若いときは自分が何を目指しているのか分からない。だから目標に向かって一直線に進んでいるのか、回り道をしているのか、脇道にそれているのか、堂々巡りをしているのか、自分でもはっきりしない。わたしはそれに気づかず、哲学だけで二十年を無駄に使った。とんでもない回り道だった。

　中年になると何か趣味をもとうとして道具をそろえる。運がよければ、一通りそろえ終わるころには、飽きるか、自分には向いていないことが判明するかで、結局断念し、回り道だったことに気づく。運が悪ければ、自分に向いていないことが分からず、老人になってもまだ回り道していることに気づかない。

　半分自覚的に回り道を選ぶようになるのは、皮肉にも残された時間が少ない高齢者だ。高齢者になると回り道をしている余裕がないはずだが、急いでいるあまり結果的に回り道もしくは寄り道になる。

　たとえばハサミを取りに行こうとして部屋を出たところで、剃《そ》り残したヒゲ（左顎が剃れていないことにさっき気づいたのだ）を剃ろうと思いたち、洗面所に行くが、洗面所で冷凍してある肉を冷蔵庫から出しておかなくてはならないと思いつく。思いついたら即座に実行に移さないと忘れてしまう。次に思い出すのは十年後か百年後になる恐れがあるのだ。だがそんなことより、もうすぐ人に会うから、その前にヒゲの剃り残しを剃り、鼻毛を切っておかなくてはならないと思い直し、急いで洗面所に引き返すが、途中でトイレに行ってから落ち着いて剃らないと再び剃り残しができると考え直し、トイレに寄る。トイレから出たときには、何をしようとしていたのか何も思い出せない。

結果的に見ると、表面的にはただトイレに行っただけのように見えるが、頭の中はフル回転しており、複雑な回り道、寄り道をたどった結果なのだ。

しかもその上、心は大急ぎでいつも焦っているから、すぐに転ぶ。こうして「急がば転ぶ」毎日を過ごしている。

本書のタイトルは、ふざけてつけただけのように思ったら間違いだ。そこには高齢者の本質を的確に射貫く洞察が込められている。この一点だけで本書の内容の薄さを補えていると思う。

目次

七の章

転の章

八の章

起の章

本書は文春文庫オリジナルです。
初出　「週刊文春」（二〇二二年三月二四日号〜二〇二三年六月八日号）
本文イラスト　土屋賢二
扉イラスト　ヨシタケシンスケ
デザイン　大久保明子
※本書に登場する人物の肩書・年齢などは、連載当時のままです。

急がば転ぶ日々

七の章

自分を知りたいか？

薄々とは気づいていたが、わたしは何とバカだったことか。時計は時間を表示するだけで十分だと思い込んでいた。

しばらく前にスマートウォッチを買ったが、この腕時計は、わたしが知っているだけでも、心拍数、運動量、血中酸素、睡眠状態を監視し、メール、電話、音楽再生、支払いなどの機能をもっている。

わたしが使っている機能は三つほどだ。ほかの機能を使いこなせればさぞ便利だろう。そう思っていたが、次第に腕時計をつけるのがおっくうになってきた。

とにかくうるさいのだ。十分に歩けば「よくやった」とホメてくれるが、一時間座り続けていると「立て」と時計が言う。またどういうタイミングなのか、ときどき「瞑想しろ」とか「深呼吸しろ」と言う。気づいていないが、「貧乏ゆすりをするな」「緊張感が足りない」「居眠りが今日三回目だ」などと警告されているかもしれない。

最初のうちは、「立て」と言われるたびに立っていたが、次第にうんざりしてきた。健康のためかもしれないが、病気になるのが怖くて生きていられるか！　警告ばかりしやがって、お前はおれの妻か。

そう思うようになり、うるさいから止めようにも止め方が分からない。賢い時計なら、意思を察して警告を出すのを止めろ。それからメールが来たとか、いちいち知らせるな。十中八九くだらない宣伝メールだ。宣伝メールも止めようとするとパスワードを要求され、思い出せないから来るにまかせているのだ。

最初は身体の状態が細かく分かるのを喜んでいたが、考えてみれば健康診断を極力避けている（ロクな結果が出ないからだ）。そんな人間が、睡眠中も含めて毎秒監視してもらおうとしたのが間違いだった。

現にこの腕時計はわたしの心肺機能を「弱い」と判定しているが、それを知ってうれしいか？　大学に勤めているとき、学生による授業評価がなされ「あ～う～が多すぎる」「落ち着きがない」などの結果が知らされたが、こういう自分の想像とはまったく違う評価を知りたいか？

「汝、みずからを知れ」と唱えたソクラテスには悪いが、自分のことなど知りたくもない。鏡だって見たくない。

先日も、最近の体組成計が、内臓脂肪、筋肉量、骨量、基礎代謝量まで測定できるのを知り、あやうく買うところだった。家にある単純な体重計でさえ、肥満の進み具合を知るのが怖くて、もう何カ月も測っていない。精密な体組成計を買っても使うはずがない。

最近では尿糖値、血圧、体脂肪なども測定できるトイレが発売されたらしい。そのうち脳の状態が分かる枕や歯や口内細菌の状態が分かる歯ブラシも開発され、「食べ物が不適切だ」とか「睡眠前はスマホをやめろ」とか「口臭と加齢臭がきつくて迷惑だ」などと警告されるようになるだろう。

それが時代の傾向かもしれないが、われわれはそれほど自分の状態を知りたいのだろうか。毎日トイレに行くたびに不安になり、その上、ガンを探知できる犬を飼っていたりしたら、犬がわたしの匂いを嗅いで鬼の首を取ったような顔つきで座り込むのではないかと毎日おびえて暮らさなくてはならなくなるだろう。

すみずみまで健康状態を把握され、「自律神経のバランスが乱れています。毎日逆立ちしながら納豆とみょうがをどんぶり一杯食べてください」とか「サボりすぎです。三分以内に机に向かってください。この警告がもう一度出たら、滝に打たれてください」とか「生活態度が不真面目です。屈強な男にビンタをしてもらいなさい」と警告されるだろう。その警告の止め方も分からないだろう。

もしロシアが攻めてきたら

ロシアがウクライナに侵攻して以来、ニュースを見ると胸が痛む。子どもの涙を見ると胸がつぶれそうだ。

そのたびに義憤にかられ、志願兵になって戦いたいと思う。だが何キロもの装備を身につけて歩くだけの体力がないのが残念だ。もっと残念なのは、もし体力があったら志願兵になろうという気が起きるかどうか疑問だということだ。

NATOもアメリカも、ロシアが弱小国なら即座に叩き潰しただろうが、軍事大国だと、後方支援にとどまり、傍観するだけだ。弱そうな男が暴れていたらまわりは袋だたきにするが、暴れているのが暴力団なら傍観するのと同じだ。

降参すればいいと言う人もいるが、降参すれば、最悪、何十万何百万もの人が粛清・投獄され、それ以外の男は徴兵されて他国への侵略の最前線に送られる。国土は永久に返らず（北方領土を見よ）、母国語は禁止、学校ではロシア語で捏造《ねつぞう》した歴史を教え、言論統制、強制労働、不妊手術を強いられ、隣人の告げ口ひとつで粛清される可能性がある。同胞や子孫を新疆《しんきょう》ウイグル自治区や北朝鮮みたいな所に住まわせたいのか。

プーチンは借りた飛行機は返さない、外国企業の資産は接収する、借金はルーブルで払う（チャラにする）、見えすいたフェイクニュースを流すなど、あらゆる手段を使って信用を落とそうと努力しており、「降伏すれば……してやる」という約束が信用できるはずがない。

信用を落としたのは本人だけではない。犬好きに悪い人はいないと言われているのに、プーチンは犬好きだ。武道から礼を学んだはずなのに、礼のかけらもない。犬好きと武道の信用も落とした。

ＮＡＴＯやアメリカが介入しない理由の一つは「核保有国相手に戦うと核戦争になりかねないから」というものだ。その理屈ならロシアは核をちらつかせればＮＡＴＯ参加国でも日本でも侵略し放題ということになる。もし日本がこの理屈で孤立無援の事態になったらどうするだろうか。

真っ先に逃げるかと妻に聞くと、「とどまって戦う！」と言う。火炎瓶を投げ、落とし穴を掘ってでも戦うと言う。

意外だった。妻は駅のホームの端も歩かないほど用心深い。妻の用心深さを知ったとき、「惜しまれない人間ほど自分の命を大切にする」「悪い奴ほど命を惜しむ」という格言を作ったほどだから、妻の戦闘宣言は意外だった（プーチンも極度に用心深いらしい）。

妻に怖くないのかと聞くと、「やられる気がしない」と答えた。闘争心が恐怖心に勝っている。その上、妻には自分を棚に上げる性質がある（自分のことが書かれたエッセイを読んでも、まるで他人事なのだ）。

わたしのいる老人ホームで、九十代の女性入居者に聞くと、「戦争は絶対にイヤだ。第二次世界大戦のとき、さんざん無差別空爆やら原爆やらでどれだけ怖い思いをしたことか」と回想する人もいれば「夫が生きていて、逃げないならわたしも逃げない」という人、「夫に関係なく逃げる」という人もいる。

老人ホームの三十代の男性スタッフに聞くと、「逃げます」と即答した。「ちょうどいい戦力になるのに」と言うと、「それでも逃げます」と断言した。

この男は、ロシアがこの老人ホームを攻めたら入居者を置いて逃げるハラだ。

だがみんなが逃げても心配はいらない。この施設には妻がいる。ロシア兵が攻めてきたら、妻が金槌《かなづち》を腰に差し、火炎瓶を作り、包丁を研《と》いでいる姿を目撃するだろう。その脇には、妻の命令で兵糧《ひょうろう》用にジャガイモを洗っているわたしがいるはずだ。

推理によって自分を知る方法

自分の長所は何だろうか。短所なら簡単にいくらでも見つかる。立ち直れないほど次々に見つかる。だが、長所は目を皿にして探しても見つからないため、「自分は何の長所もない人間だ」と思ってしまう。

そう思ったときひらめいた。自分には短所しかないと認める人間は謙虚ではないか？　謙虚でない人間が「自分には短所しかない」と考えるはずがない。

こうして、推理によってわたしの長所は謙虚なことだと判明した。それにしても、こんなもってまわった方法でしか長所が分からないのだ。謙虚なのにもほどがある。

推理によってさらに自分を探ってみた。

わたしにはコンプレックスがある。髪型、服装、食事などで新しいものに挑戦できない。挑戦して失敗するのが怖くて冒険できないのだ。臆病すぎる。そう思って卑下していた。

服装をガラッと変える人がいるし、奇異な服装でテレビに出る大学教員もいるが、そんな勇気はない。

学生時代、おしゃれをすると、「そのネクタイどうした？　錦鯉《にしきごい》になろうとしているのか？」「これからチンドン屋のバイトか？」と言われたため、大学に就職してからは年中同じ地味な服装で通していた。すると「他学科の手前もありますから服装を何とかしてもらえませんか」との要望が学生から出され、やむなく自分で服装を選ぶと、「正常な意識のもとで自分の意思で買ったんですか？　意識が混濁してませんでした？」と口をきわめて非難された。同じ服装でもダメ、服装を変えてもダメというのだから、学生を満足させるのは難しい（奇異な服装の教授たちはどうしているのだろうか）。

以来、一年に三種類の無難な服装に固定して現在に至っているが、好きな服装ができないことが心の底に傷として残った。

失意に沈んだわたしに光明を与えてくれたのは、スティーブ・ジョブズだった。彼がいつも同じ服装をしているのは、より重要なことを決断するのに集中するためだ。これで長年抱いていた疑問が氷解した。わたしは臆病だから同じ服装をしていたのではなく、実はより重要な決断にエネルギーを注ぐために同じ服装をしていたのだ。

新たな長所を発見してしばらくたつと、この考えに問題点が見つかった（自分の問題点の点検を怠らないこともわたしの長所だ）。

「より重要なもの」って何だ？　服装を決めるよりも重要なものがあるはずだが、人生で何を一番重視しているのかさえ分からない。そこで推理した。

たとえば千円落とすと冷静ではいられない。二、三日は心の中にわだかまりが残る。だが、その最中、わたしへの悪口が耳に入ると、千円のことは忘れ、悪口のことで頭がいっぱいになる。だから千円よりも評判を重視していることはたしかだ。だが午後、健康診断で精密検査を受けるように言われると、とたんに千円も悪口も忘れて不安で胸がいっぱいになる。心配しながらぼんやり歩いていると、クルマのクラクションに驚く。命を落とすところだった。動揺のあまり精密検査のことも忘れていると、目にゴミが入り、痛くてたまらない。もう精密検査も命拾いもどっちでもよくなる。

これでわたしが何を重視しているかがあきらかになる。一般に、AとBの二つのうち、Aの方がBより気になる場合、Aの方を重視していると考えられる。この原則から推理すると、わたしは千円や評判や健康や生命よりも、数ミリのゴミを除去することが重要だと考えているのだ。

意外だった。これほど自分が清廉高潔だとは思わなかった。

無欲な人

連日ウクライナの惨状を見ていると、平和な日常生活が何よりも貴重だと思わされる。欲にまかせて買い集めたブランド品も高級食材も、平和な日常生活が奪われれば、クズ同然の価値しかなくなってしまう。

われわれはふだんの生活の貴重さに気づかない。病気になって初めて健康のありがたさが分かるように、失って初めて平凡な日常生活の貴重さが分かるのだ（旅行から帰ったときでさえ「家が一番」と思う）。

わたしのいる老人ホームには夫に先立たれた奥さんが多数いる。その人たちから、妻は「ご主人を大事にしなさいよ。死なれて初めて大事にしておけばよかったと後悔するから」と言われた。わたしは妻が改心するのを祈ったが、願いもむなしく、妻はホタルイカの酢味噌和えを食べるのに夢中でロクに話を聞かず、その後、何の変化も見られなかった。わたしが死んでどれだけ後悔するか見てろ。

人間は生きているだけでもどんなに恵まれているかに気づかない。その上、平和や夫にも恵まれているのに満足せず、暖衣飽食をむさぼり、「あれがほしい」「これがほしい」と贅沢を言い、皿の洗い方が足りない、本を片付けろ、テレビの前でゴロゴロするな、などと不満を言う自分を恥じろ。どこまでも欲望を広げてとどまるところを知らない。足るを知れ。

それでも不十分なのか、現代人は胃薬やバイアグラで食欲や性欲をかきたてる。欲望を制御する方法を真剣に模索していた古代ギリシア人に顔向けできるのか。

たしかに食、性、金、地位に貪欲な人、とくに、枯れているはずの老人が強欲だと「色ぼけジジイ」などと言われて軽蔑され、孤独死に至る末路が待っている。だが現代人を無欲にするにはそれだけでは不十分だ。だいたい親からも先生からも社会からも無欲になれと注意される機会がない。

わずかに、わたしが食べる分のようかんを切っていると、妻に「無欲になれ」と注意されるぐらいだ。

教育面では唯一、強欲なおじいさんが痛い目にあうというおとぎ話を読まされる。だがこれで「無欲になれ」というメッセージが伝わるのだろうか。実際に伝わるメッセージは、「富を得るには鉄の斧や小さいつづらを選べ」程度だ。強欲な人間に富を手に入れる方法を教えているようなものだ（無欲な人間なら、財宝を得ても喜ばないはずだ）。

子どもに読ませるおとぎ話は、強欲な人間が鉄の斧や小さいつづらを選んで富を手に入れても悲惨な末路になるという話でなくてはならない。たとえばこうだ。

「手に入れた財宝で建てた家は広大で、玄関から居間まで遠すぎるため、やがて玄関で暮らすようになる。掃除や補修や警備に膨大な数の従業員を雇わなくてはならず、労務管理や財産管理のために会社を作る。ハーレムの美女の一人に毒を盛られるのを恐れて食事はすべてコンビニ弁当だ。知らないうちに従業員に色々盗まれているのではないか、政治家への不正献金がバレるのではないか、革命が起きたら殺されるのではないか、心配で夜も眠れない。金庫の暗証番号を忘れないよう暗唱する毎日を送っていると、管理会社の副社長に会社を乗っ取られて家を追い出され、犬小屋に秋田犬と一緒に住むことになる。しばらくすると、ロシアが日本に侵攻し、秋田犬とともに犬の飼育員としてロシアに拉致されるが、飼育能力がないことが知られてウクライナの前線に送られ、あえなく戦死する」

この話を子どもに聞かせても、無欲な人間にはなりそうもない。だいたい、わたし自身が無欲にならなくてどうする。決心した。今日が最後だ。明日から夜中にこっそりようかんを食べるのをやめる!

教え子との会話

ロシアのウクライナ侵攻で意識が変わった。

アメリカの核の傘に入っていれば安全だとは思えなくなった。いよいよとなればアメリカもNATOも「核戦争になるから」という理由で武器供与以外は傍観するだけだ。「必要もないのに侵略するような無茶をする国だから、核を使っても不思議ではない。そういう国に逆らうと危ない」と考えるから、核さえあれば侵略でも虐殺でも拷問でもやりたい放題だ。核保有国が無茶をすればするほどだれも手出しできない。その標的にされたら自ら進んで奴隷になるか自力で戦うしかない。

教え子に電話すると、この話になった。

「ロシアの嘘もひどいね。侵攻の目的を『ナチスから解放するため』と主張するとか見えすいてる。どういう神経なんだ」

「先生なら分かるのかと思ってました。先生も『体調が悪いから休講にする』とか『急用ができたから、その質問は後にしてくれ』とか見えすいてました」

「ロシアとは違う。ロシア国内ではそんな嘘でも通用してるんだ」

「先生の嘘は通用してませんでした」

「本当に体調が悪くて『嘘じゃない、本当なんだ』といくら言っても信用されなかった。真実も通用しないんだ。でもプーチンの行為に比べたらわたしは正直な聖人君子だと言ってもいい」

「それは、コソ泥が殺人鬼と比べて自分は聖人だと主張するようなものです」

「相変わらずトゲがあるね。ところで、ウクライナには避難民の扱いなど、世界中の同情と支援が集まっているが、中近東やアフリカの人々に対するのとは雲泥の差がある。そこには人種差別意識があるという指摘もある。たしかにわれわれは差別するからね」

「差別はいけません」

「ただ、肌の色で差別しているのではない。肌の色が白だろうと黒だろうとバラ色だろうと金色だろうと、個人的には気にならない」

「本当にそうですか？　美人かどうかにはこだわるでしょう？」

「君たちがイケメンにこだわるのと同じ程度だ」

「でも外見で差別するのは許されません」

「本当か？　かりに宇宙人が、罪もないのに他の星から侵略されて地球に逃げて来たら、自分の家の空き部屋を提供するだろうか」

「するでしょう」

「その宇宙人は正視できないほど醜悪な外見で、強烈な悪臭を放っていたとしてもか？」

「それならためらいますね。おっさんの匂いや外見や態度に我慢できないことがありますから」

「そ、そうか……」

「でも多様性の時代です。外見で差別すべきではありません」

「多様性を認めろといっても限度があるだろう？　殺人鬼や強姦魔と暮らせるだろうか。排他的な信念をもっていてテロを起こしかねない人物はどうだ？」

「隣に住んでいるだけでもイヤです」

「男を選ぶときも、爪が伸びてるのはイヤだ、クチャクチャ音を立てて食べるのはダメだ、潔癖すぎるのも悪いとか、些細な条件をつけて選び抜いて結婚しても『この男とは一緒に暮らせない』と言うようになる。何が多様性だ」

「それはまた別の話です」

「ゴキブリだって病原菌だって平気で殺す。それらには生きる権利はないのか」

「そういうものが先生の家にいてもわたしは許します」

「それを許すなら中高年の男を認めるべきだ」

「生存は認めます。滅んでもかまいませんが。ただ、まわりにいてほしくないだけです。本当は電話で話したくもありません。あっ、宅配便だ！　失礼します」

見えすいた嘘だ。

イケメンNo.1の宇宙人

なぜ時間がないのか

老人ホームにいると暇を持て余しているだろうと思うかもしれないが、とんでもない誤解だ。食事をして新聞を読み、昼寝してテレビでニュースを見たら一日が終わっている。

三国志を読破したり、マラソンを完走する時間もとれず、初歩から始めてプロのバイオリニストになる時間もない。

何もしないのに時間がない。時間がないから何もできない。悪循環だ。

原因の一つは、歳を取ると、時間がたつのが猛烈に速くなるからだ。「風呂に入って出たら三年たっている」とか「今年は夏がなかった」と言われる通りだ。

本稿の執筆中は長いような気がするが、一年がたつのはほんの一瞬だから、振返ってみると一年間五十本もの原稿を一瞬で書いた計算だ。昨日スーパーに行ったのも一秒ほどの間だから、ウサイン・ボルトに勝てる速さだ。

だが、ここで疑問が生じる。わたしはこれまで時間を節約してきた。コンピュータを選ぶときはマイクロ秒の違いにこだわり（そのため選ぶのに何日もかけた）、文章を書くときのソフトは速度最優先で選んだ。歩くときは小走り（転ぶため、かえって時間がかかった）、しゃべるときは早口（舌がもつれ、かえって遅くなった）、授業は早めに切り上げ、早食いを心がけ、履き物は極力裸足にサンダル、ウオーキングの時間を削り、海外ボランティア活動もひかえ、入浴時間も散髪の回数も最低限におさえた。そうやって蓄えた時間はどこへ行ったのか。

考えてみると、時間を節約した反面、時間を相当無駄にしてきた。その分、むしろ差し引き赤字になっている公算が大きい。

子どものころ、忍者になるため一日一時間は自分流の修行をしていた。哲学の議論に十時間かけた。ミステリを読み終えたら、それはシリーズ中の一冊で、解決篇はまだ先だった（なぜ表紙にそれを明記しないのか）。映画を見ている途中三十分居眠りしたため、意味不明だった。居眠りの三十分はいいとしても、残りの一時間半が無駄になった。

加えて、意外に思われるかもしれないが、理解力の不足が時間の浪費につながった。わたしは一を聞いて十を誤解するタイプだ。誤解するならいい。たいてい瞬時に誤解するからだ。だが理解には数年も数十年もかかることが多い。

昔のヒット曲『お富さん』の出だし「粋な黒塀、見越しの松に」を「粋な黒兵衛、神輿の松に」と思い込み、黒兵衛と松という二人の男がいると誤解するのに時間はかからなかった。だが他方、長年聞いている『ハナミズキ』という曲の歌詞がいまだに理解できないのをはじめ、ほとんどの曲の歌詞が理解できない。

誤解は一瞬だが理解には長時間かかるのだ。先日も妻が「いままで間違ってた！」と言うから、これまでの自分の態度を悔い改めたのかと誤解するのに時間はかからなかった。聞いてみると「波浪警報」を「ハロー警報」だと思っていたらしい。そんな些細なことを反省するのに、なぜもっと大きい誤りを反省しないのか理解できない。理解しようと数十年かけたが、いまだに妻が理解できない。

また映画賞受賞作品の三割は理解できなかったし、翻訳のせいか理解できなかった小説も多い。それらに費やした時間が無駄だった。

さらにハイデガーの哲学を理解するのに二十年かかり、その二十年がまったくの無駄だったと判明した。

理解も誤解もしていない状態から誤解へ進むのは一瞬だが、理解に至るにはふつう長時間かかる。

チマチマ貯めた時間が理解するのに浪費され、時間不足を招いている。理解力不足が遠因なのだ。こんなことならさっさと誤解しておけばよかった。

自分の価値を劇的に高める方法

わたしの周りには好戦的な人間が多い。ロシアに四方を囲まれているようだ。一方わたしは争いが嫌いだ。当然、卑屈になる。

だが、たい焼きが一つしかなくても堂々と食べている。床に落とせばよい。床に落ちたら食べるのはわたしだけだ(この手口は一生に数回しか使えない)。

だがこんなやり方は姑息ではないか。自信がなさすぎる。そのせいで周りの者が増長するのではないか。国際調査でも、日本人は自己肯定感をもてない人が多い。わたしはその中でも最低クラスだ。その反省に立って、自分の価値を高める方法を検証してみた。

①能力を身につける。勉強ができなくても、運動、音楽、絵画に能力があれば一目置かれるから、自信がもてるはずだ。だが能力を伸ばすのは効率が悪く、副作用も大きい。長年かけて努力しても、一目置かれるほどの能力を身につけられるのは一握りだ。多大の努力が必要な上に、敗北感から、自分には何の価値もないと思ってしまう。やがては近所の子どもに「おじちゃんはバンドで活躍してたんだけど、音

楽業界の商業主義に嫌気がさしてやめたんだ」と愚痴をこぼす運命だ。
②自慢する。努力は不要だが、かえってバカにされる公算が大きい。「ケンカに明け暮れていた」「カマキリを食べた」「大病にかかったことがある」など、過去に経験したというだけで自慢したり、「血糖値も血圧も尿酸値も高い。グランドスラムだ」とか、有名人と出身県が同じなどと自慢する人がいるが、自分の価値を下げるだけだ。
③威張る。これといった自慢になる材料がない場合、他人を叱りつけて自分の優位を示そうとする。妻のやり口だ。こんなことで価値が高まってたまるか。
④人格を磨く。太っ腹、勇敢だ、気前がいいなどで一目置かれることがある。だが、気前がよくても、高額になると割り勘にするなど、破綻しやすい。キリストのように最終的には死刑になる恐れもある。
　以上は、能力、財産、地位、美貌、実績、経験、人格などに価値があり、それをもつ人も価値があるとされる場合だ。財産や地位に価値があるがゆえに、それをもつ人にも価値があるとされるのだ。だが財産や能力などを常人以上に身につけるのは至難の業だ。

　一方、これと対照的な場合がある。子どもがボロボロの人形やタオルの切れ端をいつまでも大切にすることがある。能力や見た目で他の犬に劣っても、自分の犬はそれに関係なく特別な価値をもつ。自分の親や自分の子は、どんなにヒドくても、自分の命をなげうってでも助けようとするほど特別な存在だ。住み慣れた土地は特別な価値をもっているし、この世、現世も、特別な価値をもっている。

一口で言えば、愛着の対象になればどんな物でも特別な価値をもつのだ。そして真っ先に愛着の対象になるべきなのは自分自身だ。

運動会でビリだった、時計が読めなかった、カッコつけて何度も恥をかいた、臆病で無能で器が小さい。そんな自分が愛おしくはないだろうか。これを忘れなければいい。何の努力も不要だ。自分には特別な価値があると思うことができる。

他人はこの価値を認めないだろうが、他人はルックス、能力、財産、人格など皮相な部分しか見ないのだから、他人が認めなくても気にすることはない。自分が認めれば十分だ。

自分に価値があると分かれば、もう怖いものはない。床に落とさないと食べられない境遇にも平然としていられる。そう言えば、ドラ焼きが一個残っているはずだ。もう一度ぐらいはこの手が使えるだろう。そう思っていると妻が言った。

「このドラ焼き、消費期限切れだけど、食べてくれる？　何なら床に落とそうか？」

セールスの電話

歳を取ると、二度寝するのが無上の楽しみになる。実際には大して気持ちいいわけではない。それ以外の楽しみがなくなるだけだ。

二度寝をむさぼっていると、電話で目が覚めた。この歳になると、電話は、だれかが死んだか、滞納の通知か、締め切りを忘れているかだ。ロクなことはない。電話に出ると女性の声だ。

「土屋さんでしょうか。○○（大手通信業者）を利用なさっていますよね」

利用者特別サービスで何かもらえるのかもしれない。

「そうです」と答えると、用件が分かった。

「ご利用者限定でおトクな高麗人参のお知らせです」

即座に「いりません」と言って切ったが、どうやってわたしの電話番号を知ったのか。通信業者が高麗人参の扱いを始めたのでなければ、明らかに通信業者からわたしの個人情報が流出したのだ。わたしが虚弱体質だという健康情報まで。

通信業者と契約するとき、生年月日まで書かされたが、未成年かどうかを確認するためか？　それとも生年月日占いか星座占いでわたしの運勢を知ろうとしているのか。虚弱体質はそれで知ったのか。

眠かったから一方的に切ったが、頭が冴えていたら完膚《かんぷ》なきまでやりこめていたはずだ。想像してみた。

私「どうやって電話番号を知ったんですか？　通信業者から買ったんですか？」

「買ってはいけないんですか？　盗めばよかったんですか？」

「そんなことは言ってない。個人情報なんだから、本人の承諾なしに売買することはできないはずだ」

「ご本人の意思を確かめるには連絡先が必要です」

「それなら通信業者がわたしに承諾を得るべきだ」

「そうかもしれませんが、『必要な場合は教えてもいい』と契約書に小さく書いてあるはずです。文句があるなら通信業者に言うなり、訴えるなりしてください。わたしの会社を訴えるのは難しいと思います。本社は外国ですから。たしか南米です。わたしはただのバイトです。弱者に当たるのは人間としてどうなんでしょうか。ただ人助けをしたいだけなんです。それがいけないことなんですか？」

「人助けはいい。しかし善良な市民の睡眠を妨げてもいいのか」

「善良だと言い切れるんですか？　嘘ひとつついたこともないんですね。善良なセールスに怒りをぶつけたりしないんですか？」

「〈善良〉は取り消してくれ。刑務所に入っていてもいい。服役囚の睡眠を妨害するのも人権侵害だ」

「えっ、刑務所にいらっしゃるんですか？」

「刑務所にいたら朝の十一時まで寝てられるか？」

「刑務所でも無理に起こされるんですね。人権侵害にならないんですか？　母親が子どもを起こすのも緊急警報や空襲警報で起こすのも人権侵害なんですか？　だいたい、なぜ起こしてはいけないんですか？」

「たぶん憲法か国連憲章に書いてあるはずだ」

「もし書いてあるとすれば世界人権宣言でしょう」

「そうだ。四十五条あたりに書いてあるはずだ」

「世界人権宣言は三十条までしかありません。ちなみに、セールスを妨害するのは刑法の業務妨害罪です。懲役刑もあります」

「ほ、本当か？」

「適当に言っただけです。さっきからボケたことをおっしゃっていますが、睡眠は足りていますか？」

「睡眠不足に決まってるだろう！　あんたのせいだ」

「体力がないと眠れませんよ。高麗人参がおすすめです。もう苦情を一時間うかがってます。その時間に成約できたはずの損害賠償も請求できますし、業務妨害で訴えることもできます」

居眠り半分で無理やり電話を切ったのが正解だった。

おトク情報が断れない

残り少ない人生なのに時間がない。フルマラソンを完走するわずか二時間の時間もとれない。

可能な限り時間は削っている。筋トレを断ち、散歩を控え、外国語の習得をあきらめ、瞑想をやめ、千日回峰行《せんにちかいほうぎょう》を断念し、納豆を食べる時間を削っている。

もっと削る必要がある。点検の結果、削るべきものが見つかった。メールだ。

毎日、メールが多数来る。その九十八パーセントが宣伝のメールだ。通販で一度でも買うと、登録され、その後永久におトク情報が送られてくる。それを毎日削除する時間を全部合わせるとこれまでに四十年は無駄にしている。メール配信停止の手続きをすれば削除する必要はなくなる。

多くの日本のサイトでは、配信停止のボタンを押すとパスワードを要求される。覚えていないからパスワードを再発行してもらい、やっと配信停止にこぎつけたと思っても、メールは止まらない。一つの商品を買うと、裏でつながっているのか、無関係の商品のおトク情報が次々に送られてくる。これらを個別に全部停止しても、会員登録そのものは抹消できないことがある。

迷惑メールに分類して放置するのは危険だ。パスワードを必要とするのだから、クレジットカード情報など個人情報が含まれているはずだ。それがもれる恐れがある。それに、知らないうちにわたしの顧客ランクが「シルバー」に上がっていたりするから、放置すると「プラチナ」会員にされ、高い会費を引き落とされる恐れもある。ぜひとも退会する必要がある。

だが退会の方法を知ろうにも電話番号の記載がない。電話番号を要求するくせに、サイトの電話番号は書いていないのだ。問い合わせはメールだけだ。だがメールでは限界がある。

「ミカンを買ったら、衣料品、化粧品、スイーツ、不動産の案内メールが次々に来て、それを削除するのに残りわずかな貴重な時間を使っています。退会させてください。さようなら」

すると次のような返信メールが来るだろう。

「余命が宣告されているのでしょうか。お気の毒ですが、退会はできません。利用規約に同意された通りです。死亡届が出された段階で退会となりますのでそれまでお待ち下さい」

もしそうなら退会する方法が少なくとも一つはある。

電話ならもっと意思が通じやすい。想像してみた。

「おたくでミカンを買ったんですが」

「限定特価でのお買い上げですね。何か不都合がございましたでしょうか」

「いえ、おいしかったです。ただ、その後なんですが」

「その後、三回お買い上げいただいていますね。お送りしたおトク情報メールがお役に立って何よりです」

「さ、三回も買ってますか。何を買ってますか」

「最初がキャップ、野球帽です。二回目にはパイロットキャップ、ゼロ戦の飛行士がかぶる帽子です。操縦なさるんですか?」

「しません」

「三回目はサファリハットのご購入です。三点とも送料無料で千円の特価品でございます。帽子をご愛用のようですが、頭髪のお悩みでしたら、おトクな情報がありますので配信するよう登録しておきますね」

「けっ、けっ、結構です」

「配信はまとめてクリックするだけですのでお気遣いなく。あっ、大変失礼しました。高額商品のご案内が抜けていました。お客様のご要望はこれですね。申し訳ありません。ただいま登録させていただきましたのでご安心ください」

「ち、ちょっと待って」

「おわびのしるしに……」

「も、もらえるの？」

「話し方・断り方講座の割引き受講のご案内も配信登録させていただきました」

お客様窓口がテレビ電話になったら

机上の空間

課題　机の上に、適切な表現かどうか分からないが、足の踏み場もないほど物が置いてあり、手首より先しか載せる余地がない。手が三本以上あったらお手上げだ（この場合「お手上げ」とは全部の手を上げることか？）。宇宙に広がる空間のうち謙虚にも超極小空間を机上に確保したい。

さいわい、机の下には空間がある。象が足を入れるのは無理でも、蚊やダニなら何百万匹でも入る。

机の上のプリンタを机の下に移せば、机の上は劇的に広がる。さらにパソコンのモニターを台の上に置けば、台の下の空間が使えるから、両手の肘から先まで置く余地ができる。机上の空間が机上の空論にならないよう断固実行する。

一日目　プリンタを机の下に移動し、モニター台を買って机の上に置くだけだ。簡単すぎる。だがあなどれない。五分で終わる仕事が、休憩をはさむだけでやり終えるのに三時間から一週間かかる。想定外のことが起きたら、十中八九無期延期になる。計画を十分に練ったら一気呵成《かせい》に実行することだ。そのため、シミュレーションを何度も重ね、必要な物を洗い出し、さまざまな事態に備える。机の下を掃除しておくには掃除機を使うかコロコロにするかまで検討する。

二日目　計画は万全だ。粛々と実行するだけだ。だが、モニター台の選定に時間がとられた。どんな台が必要かが正確に分かっていないのだ。サイズによってはかえって邪魔になる。見当をつけるには、物差しを探さなくてはならない。だがその前にモニターを置けるかどうか台の耐荷重《たいかじゅう》を確認し、モニターの重さも調べる必要がある。どこかにカタログがあるはずだ。

三日目　物差しもカタログも見つけていないが、当たりはついている。三、四カ所を探せば見つかるはずだ。そこまで絞り込めたら、見つけたも同然だ。モニター台選定作業は候補が多すぎて難航している。

四日目　数十のうちから候補を五つほどに絞ったが、基準が徐々に変化したため、もう一度選び直す。物差しはまだ探していないが、五秒もあれば見つかるから、いまは無視しておいてもよい。モニターの重さはインターネットで調べればいいことに気づいた。ここまで分かれば調べたも同然だ。

五日目　モニターの重さも台のサイズも不明のままだ。というのもリビングの椅子の座面がおかしいことに気づいたのだ。弾力がすっかりなくなり、座面が凹《へこ》んだままだ。五十年は使っているが、一度張り替えただけだ。買い替えた方がいいかもしれない。椅子の選定は難しい。まず生活スタイルを決めなくてはならない。安楽すぎると、寝たきりに近い状態で毎日を過ごすことになって健康に悪い。いっそ立ったまま過ごすことにしようかと思い、立ち机も検討する。

六日目　椅子が決まらない。立ちっぱなしにすると、結局、床に寝そべって過ごすことになる公算が大きい。食堂用椅子にソファ的な要素が入っている物を一つ探し出した。部屋への収まり具合を確認する必要がある。再び物差しが必要になるが、五秒もあれば探し出せるからいまは無視する。使っている椅子を張り替える選択肢もまだ残っている。

七日目　何一つ終了しないうちに、連休だけが終了した。連休中に原稿を一つ書かなくてはならなかったことを思い出し、急遽、原稿に取り組む。もはや椅子やモニター台どころではない。

結果　机上の空間がなくても原稿は書けるどころか、合間に突っ伏して居眠りすることもできることが確認できた。机上がサッカー場ぐらい広ければその分仕事ができるのか。空間は絶対ではない。貴重な洞察が得られたのは収穫だった。

「いかに生きるべきか」への答え（簡略版）

かなりの人が一度は「いかに生きるべきか」と問う。とくに、無限の可能性の中から選ぶのに迷う青年期や、何をやっても行き詰まり、生き方に自信がもてなくなった中高年期だ。

「よけいなお世話だ。好きなように生きる」と言う人も多いが、プラトンはこれに反論している。

「身体も心も、好き勝手に扱っていると病気になる。楽器をデタラメにいじっても音は出ず、デタラメなやり方では牛やヤギは育たない。何事も正しいやり方と誤ったやり方がある。生き方も同じだ」

だがわたしはプラトンに反対だ。「正しい生き方なるものはない」と考える。詳細は拙著『誤りを恐れず面白さ優先で書いた倫理学』（略称『ツチ倫』未刊）を待たれよ。

昔書いたが、神が存在していたら「いかに生きるべきか」の正解を知っているはずだ。神は全知全能なのだから。ただ、神の意図はうかがい知れない。かりに神が意図は不明だが、「正しい生き方を言おう。ツチヤに毎月千円送金せよ」と言ったら、その通りにするだろうか。

そんな人がいたら、わたしは非常に、うれしい。

あるいは「ラーメンを一日十杯食べよ」と神が命じたら従うだろうか。昔、授業でこう問うたとき、さすがお茶大生、一人の学生が「本当に神を信じているのなら食べるはずです」と堂々と主張した。

そこでわたしが「一日二十杯ではどう？」と聞くと、「それは……ちょっと無理かと思います」と答えたが、答えるのに十五秒考えた。さらに「一杯毎にカエルを一匹とゴキブリ一匹入れたらどう？」とたたみかけると、「とても無理です」と答えたが、五秒かかった。

神が何を言おうと、従うかどうかを結局は自分の判断で決めるのなら、神に従っているのではなく、自分に従っている。初めから神なしで、自分の思うままに生きるのと同じである。ちょうど男が「食事、何がいい？」と聞き、女が「まかせるわ」と答え、「じゃあ牛丼にしようか」と男が提案すると「それはちょっと」などと男の提案に難色を示し続け、「じゃあ寿司は？」と男が提案して初めて「あっ、それ！」と言うようなものだ。実質的には女が選んでいるのだ。

「いかに生きるべきか」に正解がないと考える理由をもう一つだけ挙げよう。

正しい生き方を説くなら、具体的に「こういう場合には、こうせよ」という形で行動を指示しなくては意味がない。たとえば結婚相手の決め方として「最善の相手を選べ」と答えるのでは意味がない。どんな相手が最善かを答えなくてはならないからだ。

要するに、何を選べばいいかを具体的に教えてくれなくては意味がない。だがそれはまず不可能だ。

たとえばレストランのスープにゴキブリが入っていたとしよう。コックに文句を言うべきか、黙ってスープを飲まないでおくべきか、ゴキブリを取り除いてスープを飲むべきか。

これに答えるのは困難だ。無数の状況があるからだ。

たとえば世界的に食糧危機でゴキブリが貴重な蛋白《たんぱく》源になっている、スープが運ばれて二分後にダンプカーが店に突っ込んできた、コックはプライドが高く、傷害の前科があり、研ぎ立ての包丁を手にしている、ある種の遺伝子をもっている人がゴキブリを一グラム食べると顔の幅が二ミリ大きくなると科学的に立証された、遺伝子によっては一匹食べると寿命が三日延びることが判明したなど、無数の状況がありうる。それぞれにどう選択すべきかを余さず教えるのは不可能だ。

以下、詳細は拙著『ツチ倫　訂正撤回版』（未刊のまま絶版）を参照。

外見いじりがなぜ悪いか

「ルッキズム」というのか、人の外見をいじると日本中から叩かれるようになった。教え子に電話した。

「外見をからかってはいけないと言われてる。それで謝りたくなってね」

「ケナされてばかりで、どれを反省してらっしゃるのか分からないんですが」

「たとえば『体重は何キロ？　下二桁だけでも教えてくれないか？』とか」

「覚えてません」

「では『食欲の半分でも学習意欲をもて』は？」

「そう言われたとしても、『食欲の半分でいいのか』と思うだけです」

「よかった。実は聞きたいんだ。なぜ『ブタ』と呼ぶのが侮蔑になるんだ？」

「侮蔑を込めているからじゃないんですか？」

「なぜ侮蔑を込めていることになるんだ？　ブタと同じ仲間に分類するのがいけないんだろう？　でもわれわれはふだんブタを侮蔑しているか？　あんなにカワイイ動物なのに」

「それにおいしいです。とくにバラ肉が好きです」

「しかも太ったブタじゃなくて標準体型のブタなんだ。かわいそうじゃないか。ひっそりと標準体型を保っているのに侮蔑されるんだ」

「わたしはいつも手を合わせていただいています」

「それから『ハゲ』も禁句になっている。原稿に『ハゲ』と書いたら『薄毛』に直された。なぜだ？　ツルッパゲと薄毛じゃ意味が違う。なぜ侮蔑なんだ？」

「侮蔑を込めてるからじゃないんですか？」

「子どものころハゲと入れ歯に憧れていたんだ。手入れが簡単だろう？　チャチャと洗えばいいんだ。未だにハゲの人がうらやましい。それに映画を見ろ。ハゲの二枚目俳優はみんなカッコいい」

「ハゲだからじゃなくて二枚目だからです」

「『ハゲ』と呼ばないで、やかん、ハゲタカ、ボウリングのボール……」

「木魚もそうです」

「そう呼んでもいけないんだろうね。『ブタ』と呼んではいけないんだから。でも、やかんや木魚をわれわれは侮蔑しているのか？」

「ツルっとしているのが共通しているだけです。でも面と向かって『ツルっとしていますね』と言うのは、『太ってますね』と言うのと同じで失礼です」

「ツルっとしてなぜ悪い。スマホの表面をツルっとするのにものすごく手間をかけてるんだ」

「スマホと頭は違います」

「ま、何事につけても、人間はイケメンだ、名文だ、深遠だと評価してしまう。その結果、低評価のものは侮蔑の対象になりやすい」

「低評価から抜けだそうとしてみんな努力するんです」

「だが、その評価自体絶対なのか？　評価なんかどうにでも変えられるだろう」

「でも評価は本能的です。動物界にもモテる個体がいますし、人間も容姿に恵まれた人は恵まれた一生を送るらしいですよ。生後数十時間の赤ん坊にも好みの顔があるらしいですから。先生、お気の毒です」

「気の毒がるなっ！　本能だろうが何だろうが価値観は変えられるんだ。連戦連敗の競走馬ハルウララが人気になったりするし、わたしは下手な文章が大好きだ。なぜわたしの文章が評価されないんだ？　下手な歌や下手な字も好きだ。なぜわたしのピアノが評価されないんだ？　子どもの絵はいつまでも見ていられる。ピカソは子どものように絵を描けるようになるのに何十年もかかったと言っている。こういう価値観をもて」

「でも口下手な人の話は嫌いです。『あ〜う〜』ばかりでイライラします」

「わたしを侮蔑するな。深遠なことばは重いんだ。スラスラしゃべれるか。キリストが立て板に水だったら信用されなかっただろう」

「口下手なのに、まったく信用されない人もいます。先生、お気の毒です」

ブタ「おれをブタと呼んだな！　差別だ！　このブタ野郎！」

願望の変遷

何を願うかは年齢によって変化する。

わたしのいる高齢者施設で、一回り年上の女性たちに最大の願望を聞くと、圧倒的に多いのは「身体の痛みや不調が和らぐこと」だった（一方、最大の不幸は「認知症になったり他人の世話になること」だった）。

何と謙虚だろうか。長生きしたいという願望すらもっていない。「ラーメン店のチャーシューが人より大きい」ことを願っていたわたしは自分を恥じた。

歳を取ると身体に何らかの異状を感じるようになる。「朝起きて、痛みも異状も感じなかったら自分は死んでいると判断できる」と言われるほどだ。

それに比べ、若いころの強欲さには驚くばかりだ。

多くの若者はもてる力を最大限に発揮したいと願うが、「もてる力」は最大限に発揮しても大したことがないことを知らない。

富豪になりたいと願う若者は、富豪になるのに必要な才能と努力と運が全部自分にないことが、二十年後にならないと分からない。

逆に質素で思索的な生活を願う若者もいるが、質素な生活だと家が狭く、夫婦喧嘩をしても四畳半一間で仲はこじれる一方だし、隣に一日中騒音を立てるガラの悪い住人が入っても引越しする金がなく、子どもが留学をねだってもかなえてやれず、ケチだと思われて友だちができない。それを知るのは数十年後だ。

幸せな結婚生活を夢見る若者は、甘い夢をあきらめるほど我慢しないと夫婦の平和は得られないことを知らない。

ギャンブルでもうける人はいないが、唯一の例外になりたいと願う若者もいる。だがそれだけ運が強いのなら、容姿や才能がもっと恵まれていないのはおかしいということに気がつかない。

楽器を練習する若者もいる。楽器は簡単に操れるように作ってあるはずだが、実際にはどの楽器も扱いにくく作られているとしか思えないことが、楽器を買って二年後に分かる。

意志強固な人間になりたいと思う若者は、日記は一週間と続かず、禁煙もダイエットもできず、外国語をマスターする根気もないなどの経験をした後でないと、自分が芯から意志薄弱だということが分からない。

このように、若いころは無知であるがゆえに欲が深い。経験を重ね、自分を知れば知るほど、無欲に近づいていく。わたしがいま知り得たことは次の通りだ。

第一に、奇跡は起きない。とくに自分に都合のいい奇跡は起こらない。この真理を知るのにわたしは七十年以上の苦い経験を要した。昔は奇跡を願ったものだ。目が覚めたら自然に原稿が書き上がっていた、突然若返った、心身が急に飛躍的に向上していたなどの奇跡を願っては、ことごとく裏切られてきた。それだけ裏切られてもなお奇跡を願う人は、阪神が毎年優勝すると信じられる人だ。

奇跡どころか、ふつうの願望もたいてい実現しない。やせたい、金儲けしたい、夫婦仲を改善したい、部屋を片付けたいなどの願望は、努力すれば何とかなるはずだが、いまのわたしにはそれらを実現するのは奇跡としか思えない。現に、仕事机の上にあるプリンタを机の下に移動させることを思い立って一カ月になるが、どんなに詳細な計画を立てても、どんなに強く願っても実現しない。

このように、ごくふつうの願望も実現しないという経験を重ねた結果、「どんな願望も実現しない」と考えるに至り、ついには「願望」というだけで反射的にあきらめるまでになった。

こうなったらしめたものだ。願望を排し、すべてをあるがままに受け入れる無欲な境地まであと一歩だ。

こんな高みに到達するとは思ってもいなかった。

幻滅の旅行体験

人生は幻滅の連続だ。

大人になったら当然二枚目俳優の容姿になると思っていたが大違いだ。トラの家族の中で育ち、自分はてっきりトラだと思っていたら、成長するとネコだったような、あるいはカモの子に混じって育ち、春、北に向かって華麗に飛翔しようと思ったら、自分はニワトリだったような気分だ。

自分の文章力にも幻滅だ。よく書けたと思う文章を数年後に読むと、がっかりすることが、五十回のうち一回もある。

人間の思いやりも期待外れだ。大富豪が年収の一パーセントも分けてくれない。どんな強打者でも七割は打ち損じ、どんな豪球投手も毎試合完全試合を達成するわけではない。大部分の試合は期待外れだ。

映画を見ても小説を読んでもたいていは期待外れだ。小説の映画化に至っては確実に幻滅する。

幻滅の代表は旅行だ。これまで幻滅しなかったことがない。旅行の前夜までは期待に胸がふくらんでいる。リュックにお菓子やバナナを入れて枕元に置くときが楽しさのピークだ。

だが当日になると、起きるのがすでに苦痛だ。もっと寝ていたいと思いながら集合場所に行くと、バスに酔う体質だということを思い出し、バスに乗っている間、吐き気と闘い、現地に着くと、景色に幻滅する。

ふだん見る景色を圧倒するほどの絶景に出会ったことがない。わたしだけではない。ほとんどの人は肉眼で見ようともせず、スマホで撮影するだけですませている。直接見るに値しないと思っているのだ。

観光と言えば歴史的建造物だ。先生やガイドはスゴさを強調する。だが恥をしのんで告白するが、神社仏閣にも城郭にも感銘を受けたことがない。千年以上前に驚異の建物を作ったということがどれだけスゴいのか実感できないのだ。たとえ一万年前に作られたとしても、どこかのおっさんがマッチ棒で作ったお城と感銘の度合いは大差ない。

何の感銘も受けないのに、後で感想文まで書かされる。作文はこうなる。

中学最後の旅行で奈良の大仏を見ました。鎌倉大仏とは大きく違います。奈良にあるからです。

とても大きくて、そばに立つと、まるでトリック写真みたいに見えました。

お土産物店に売っているキーホルダーの大仏と似ていますが、キーホルダーの方を「大仏」と呼ぶのは超誇大広告だと思います。

お寺の門には、コワい顔をした用心棒の像が二体あり、入場を阻止しています。何のために阻止するのでしょうか。阻止したいなら門を閉めればいいはずです。

そもそもなぜ用心棒が必要なのか不思議です。大仏はあれだけ大きいから強いはずだし、神通力もあると思います。もしかしたら大仏は弱いのでしょうか。

境内にはよその中学校の生徒もいました。不良です。生徒同士にらみ合っていると、向こうが「どこの組の者や」と言いました。

「B組じゃ。幼稚園は梅組じゃ」と答えると、向こうは笑いました。笑いどころが理解できません。あとで分かったのですが、所属する暴力団を聞いたらしいのです。中学生にそんな質問をするのは、小学生に年金の額を聞くようなものです。

すると向こうの引率の先生が割って入り、「やめんかい!」と言いました。

生徒と同じぐらいガラの悪い先生です。こんな悪い連中が大仏を理解できるはずがありません。彼らを境内に入れるなんて、門番の用心棒は二人もいて何をしていたのでしょうか。この連中にバチが当たりますようにと祈りました。

旅行で反省しました。お寺に入る前に、お土産物店で木刀を買っておけばよかったと思いました。

カードの悲劇

現金を使う機会が減った。

大富豪は現金を使わない。大富豪に近づいたのかもしれないが、たぶん①カードで払うことが増えた②買い物の回数が減った、の二つが原因だろう。

先日、カードの問題点をつきつけられた。

以前、毎日のように通っていた喫茶店で久しぶりに食事した。わたしが行かないことに失望したのか、顔見知りの女性店員はすべてやめている。

会計のとき、この店のプリペイドカードを出した。

プリペイドカードを作ったのは、店に手間をかけさせたくないからだ（わたしは他人のことを第一に考える男だ）。さらに会計に時間をとられたくない（わたしは時間を惜しむ男だ）。

カードを出したとき言われたことに耳を疑った。

「残金がありません」

まだ相当の金額が残っていたはずだ。抗議した。

「そんなバカな！　肌身離さずもっていたんだ。病院に行くときもスーパーに行くときも肌身離さなかった。だれかが使ったとしたら、容疑者は一人だけだ。妻だ。金正恩を下っ端の部下が疑うような真似ができるかっ！」

「このカードは一年以上使わないと失効するんです」

「そんなこと知らなかった。銀行だって一年放置すれば利子がつくんだ。消費者が一方的に不利益を受けるような契約は無効だ」

「無効なものが失効したんだから、ちょうどよかったじゃないですか」

「こっちは金を取られているんだ。いいはずがない」

「でもカードの裏の約款にちゃんと書いてあります」

「書きさえすれば何をしてもいいのか。毒を入れることがありますと書けば毒を入れてもいいのか。だいたい、こんなに小さい活字じゃ読めないだろう。サプリメントを毎日何種類も飲んでいるが、用法も用量も効能も読めないから、だいたいの見当で飲んでるんだ。健康保険や介護保険や年金の通知なんか、たとえ大きい活字で書いてあったって何のことか分からない。畳一畳の大きさの活字で書いてあっても分からない。だから何年か後に全財産取られるかもしれないんだ」

「それなら当店のカードの失効も、従容《しょうよう》として受け入れられませんか？」

「何が『従容として』だ！　わたしの経済状態は闇の中なんだ。そんな老人から金を巻き上げるな。そもそも失効の通知をくれたか？」

「どうやらご連絡が届いていないようですね。最近、引越しなさいました？」

「たしかに引越しはした。でも電話番号は変えていないから連絡できたはずだ」

「連絡はしません。連絡の義務はありませんから」

「何だと？　さっき連絡したと言っただろう」

「『連絡が届いていないようですね』と言いましたが、『連絡した』とは言ってません。連絡していないのに連絡が届いたら、それこそ奇跡です」

「あのな、ニュースで見たが、家にも学校にも居場所がない子どもが増えているんだ。知っているか？」

「それがどうしました？」

「かわいそうだと思わないのか」

「もちろん、かわいそうだと思いますよ」

「実はわたしも居場所がどこにもないんだ」

「同情します。カードのことはお気の毒でした」

「黙って引き下がるつもりはない。警察に提訴する」

「提訴は裁判所に対してなされる行為です」

「じゃあ警察に告発する」

「告発は第三者が捜査機関に犯罪事実を申告する行為です。お客様の場合、該当しません」

「なぜそんなに法律に詳しいんだ？」

「司法試験五浪中です。あまりしつこいと、過度のクレーム（カスハラ）で訴えますよ。正確に言うと警察に告訴します」

転の章

苦み走った男

若いころから苦み走った男になることを目指してきた。だが現実は厳しい。成熟した中高年になっても「言動が子どもじみている」と評された。「子どもじみている」は、「苦み走った」の反対語だ。

せめて見た目だけでもと思い、雑誌に載せる写真を撮られるときは、眉間にしわを寄せ、臥薪嘗胆《がしんしようたん》、幾多の苦難を乗り越えてきた男の顔つきを作る。するとカメラマンが「どこか痛いんですか？」と聞く。

やむなく笑顔を浮かべると「表情が硬いなぁ」と言う。表情をゆるめてもゆるめても「笑顔になっていない」と言われ、これ以上は無理だと思うほどしまりのない顔になったときシャッターが押され、雑誌に載るのは、苦味も渋味も知性もしまりもないヘラヘラした軽薄男の写真だ。

わたしが苦み走った男になるには障害が二つある。

一つは体重だ。定年後、体重が着実に増え続け、最近になって、この地上に立ちたくない場所が二カ所増えた。鏡の前と体重計の上だ。そんな丸々と太った男が苦み走った男になることは定義的に不可能だ。

肥満と並ぶもう一つの障害は、コーヒーだ。コーヒーほど、苦み走った男にふさわしい飲み物はない。一人静かにコーヒーをおいしく飲む。これが無理なのだ。クリームと砂糖を山ほど入れて苦味を消さないとおいしく飲めない。そんな飲み方をするのは子どもだ。苦み走った男はブラックしか飲んではいけないし、苦さで顔をしかめてもいけない。

だが先日思いついた。肥満とコーヒーの二つの障害を一挙に解決する方法がある。コーヒーをブラックで飲めばいい。肥満の原因はわたしの場合、約八十にのぼるが、その一つはコーヒーに山ほど入れるクリームと砂糖だ。一日五杯も六杯も飲んでいるのをブラックにすれば摂取カロリーを大きく減らせる。

そもそも人はなぜ苦い物が嫌いなのか。植物は食べられないように苦い味にしてあるらしい(それなら毒にすればいいのにと思うが、苦味で十分なのだ)。

子どものころは、その苦味を「毒だ」と思って本能的に拒否するが、大人になれば食べられるようになる。なぜか。

大人になると、安全だと知るから受け入れられるようになるという。

だが「安全だ」といくら言い聞かせても、苦味は変わらない。考えてみれば、子どものころは安全かどうかなど考えもせず、嬉々としてブランコに乗っていたが、大人になってブランコが安全だと分かるころには、ブランコに乗ると気持ちが悪くなる。安全だと分かっている大人の方が受け入れられなくなるのだ。そもそもいくら安全だと思い込んでも、青酸カリは毒なのだ。

大人になると「慣れ」で飲めるようになると言う人もいる。慣れれば、納豆、パクチー、期限切れの食品、金属、砂、青酸カリも食べられるようになり、食糧危機も解決、ってなるか！

ちゃんとしたコーヒー豆でないとブラックのおいしさが分からないという人もいる。豆は知り合いの焙煎士の本格的なコーヒー豆だ（「本格的でないコーヒー豆」はないが）。外国から輸入しており（どのコーヒー豆も外国から輸入しているが）、ちゃんと焙煎機で焙煎している（餅つき器や金づちで焙煎する人はいないが）。これ以上の豆は望めない。焙煎したての豆の香りは実に芳醇だ。飲んだらこの香りが台無しになる。

いまはスナック菓子でごまかしながらブラックで飲んでいる。まるで罰ゲームだ。だれが「嗜好品」に分類したのかと苦々しく思う。

苦み走った男になるにはあとどれだけ苦い思いをしなくてはならないのだろうか。

老人がいたわられるとき

老人をいたわる時代が到来した。「老人をいたぶる時代」の間違いではないかと思うかもしれないが、本当に「いたわる時代」が到来したのだ。と思った。

過去、いたわられた経験は一度もない。いたわる気持ちが芽生えるのは、無力なものを見たときだ。子ネコなら引き取って面倒を見ようと思うだろう。だが無力な高齢者が倒れていても引き取って面倒をみようとする人はあまりいまい。せいぜい社会に迷惑がかからないようにどこかに通報するぐらいだ。

ただ、どんな高齢者に対しても無関心なわけではない。上品な老紳士が意識を失って倒れたら、まわりにいる人は放置しない。われ先に駆け寄り、財布を探すだろう。めぼしい物をもっていないことが分かると、腹立ちまぎれに蹴りを入れる可能性もある。

こういう事態を避けるため、わたしは絶対に紳士と悟られないような服装や言動を心がけている。その結果、どう見ても紳士には見えず、下手をすると（うまくすると）お金をめぐんでもらえるかもしれないと心配するほどになっている。

だから喫茶店で店員がいたわってくれたときは驚いた。そんなに気品があふれているのかと思った。どんなに隠しても品のよさや精神性の高さは隠しきれないものなのだ。お礼の気持ちを表そうと財布を見たが十円玉しかない。おかげで五百円にするか百円にするか悩まないですんだ。

その喫茶店はセルフサービスだ。わたしはケーキとアメリカンコーヒーを頼み、グラスになみなみと水を入れ、トレイにのせて席まで運ぶ。その後ココア（砂糖入り。コーヒーの苦味を消すため）を追加した。

その店は陶器やガラスの食器を使っている。あえて割れる食器を使っているところが、その店をわたしが選ぶ理由だ（もっと大きい理由は近所で飲み物が一番安いことだ）。

食欲が満たされ、使った食器を小さいトレイに重ねてのせる。そのトレイを返却口まで運ぶのは一仕事だ。わたしは転びやすい。昔は元気にまかせて無理なことをした結果、思ったほど元気ではなくてよく転んだものだ。だが、いまでは動作が緩慢になり、転ぶ回数は激減した。八十パーセントの確率で転ばずにトレイを運ぶ自信がある。

慎重に一歩一歩確かめながら運ぶが、平衡感覚が衰えたためまっすぐ歩けない。転んだら大惨事だ。ゆっくりよろよろ運んでいると、店員がレジの向こうから

「こちらでやります」と声をかけてトレイを引き取ってくれた。かすれ声で（声帯も衰えている）「ありがとう」と言い、店の出口に向きを変えたところでよろめいた。

そのときひらめいた。これだ！　元気なところを見せようと見栄を張るのは誤りだ。いたわってもらうには、いつ倒れるかと心配させるべきだ。ことさら足を引きずって店を出た。

店を出てすぐ、自分の勘違いに気づいた。店員はわたしをいたわったわけではなく、割れ物の食器をいたわったのだ。万一転んだら、食器は割れ、破片と液体が床一面に飛び散る。それを掃除するのは店員だ。その被害を避けるためにトレイを受け取ったのだ。店員がいたわっていたのは、厳密に言えば店員自身だ。

分かった。いたわられるためには、「放置すると被害を受ける」と思わせればいい。ちょうど混んだ電車で、座っている若者の前に立ち、乗り出すようにして咳き込んだり、吐きそうな様子を見せると席を譲ってもらえるのと同じ原理だ。おとなしく待ってはいけない。「放置するとこの老人は害を及ぼしかねない」と思わせることだ。

決心した。これからは危険をはらんだ人物になろう。

ツチヤ師の怒り

ツチヤ師がスーパーにお姿をお見せになった。

ツチヤ師は一部の崇拝者から最大限の尊敬を集めている聖人である。とくに能力があるわけでもなく、人格高潔でも信仰深いわけでもないのに尊敬されるのだから、並の聖人ではない。

コロナのせいで外出できなかったのであろうか、久しぶりである。お姿に狂喜した崇拝者が仲間を集めた。

だがツチヤ師はいつになく気色ばんでおられる。

「妻が……妻が……」

とうなされるようにおっしゃって続けられた。

「妻の財布から金を抜いたと責められたのである。まったく身に覚えがない。『盗ってない』と言うと、『嘘をつくな』と言う。『なぜわたしを信じられないのか』と聞くと、『嘘つきだから。この悪党！』と怒鳴られ、追い出されたのである」

興奮しておられるため、おことばを理解できた者は少なかった。

「考えよ。悪とは何か」

一人の男が答えた。

「自分の欲望を満たす行為は悪です。自分の欲望を度外視するのが善です」

「そんなことで善悪が決まるのであろうか？　善も欲望を満たすのである。いいことをしたという満足感、評判がよくなり、信用され、金を貸してもらえ、有利な就職ができる。死ねば天国に行ける。欲望に訴えるものばかりである。いかなる行為も善悪に関係なく欲望を満たすのである」

いつもの調子が戻ったご様子に一同、安堵する。別の一人が言った。

「悪は醜いと思います」

これを聞いた師の反応は早かった。

「そもそも人の物を盗むのがなぜ悪いのであろうか。人の所有権を侵害したからである。ではなぜ所有権を侵害してはいけないのか。所有者が手放したくないからである。見よ！　ここにもっている空のコーラのペットボトルを盗んでも叱られない。わたしが所有にこだわらないからである。所有権の侵害が悪とされるのは、所有者が金品に執着し、物欲の奴隷になっているからである。物欲の奴隷になることは醜くないであろうか。所有者も泥棒も同程度に醜いのである」

久しぶりの論理のキレに一同、感激の面持ちである。だが師は顔を曇らせておっしゃった。

「どうしても許せない悪がある。無防備な者、無力な者を強者が攻撃する悪である。イジメ、児童虐待、弱小国への侵略などのニュースがあると、食べ物が何日も喉を通らないほど憤り、悲しむのである」

するとと見慣れない中年男がすかさず言った。

「その間、飲まず食わずなんですか？」

「た、食べるっ！」

「じゃあ、食べても飲まないんですね？」

「飲むっ！　くどいっ！」

中年男をみんなでつまみ出すと、師は怒りが収まらないご様子でおっしゃった。

「無防備で無力な者を強い者が責めるのは許せない。妻を許せないのはそのためである。弱者を強者が、しかも濡れ衣で責めるのである。この怒りを無理にしずめるべきであろうか。否。正義の怒りの火は消すべきではないのである」

そうおっしゃるとふるえる手で百円玉をお出しになり、ソフトクリームを買ってくるよう頼まれた。

ソフトクリームが届き、一回なめると、師はようやく落ち着きを取り戻され、スーパーの椅子に身体をあずけられた。が、椅子には背もたれがなかった。師が壁にもたれた拍子に椅子が前に倒れ、一緒に師もずり落ち、ソフトクリームは床に落ちてコーンだけが残った。コーンを握りしめて倒れたまま、師がつぶやかれたのがかすかに聞こえた。

「妻の財布から抜いた天罰かもしれん」

わけが分からない

わたしはいままで何をしてきたのだろうか。

祇園祭の山鉾巡行が三年ぶりに開催されたが、心の中は複雑だ。片田舎の小学生だったとき、お祭りでハッピを着せられ、墨汁で顔にヒゲを描かれた。「やっこさん」だと言われたが、やっこさんが何者なのか、まったく分からなかった（やっこさんだと教えた大人は知っていたのだろうか）。そしてなぜ、やっこさんの格好をさせられるのか、なぜ大八車のようなものを引かされるのか、だれに向かって見せているのか、畑を耕すためでも道をならすためでもないのに、何のために朝から何時間も引っ張るのか、まるで理解できなかった。

日も暮れ、鉛筆を一本もらい、くたくたになって家に帰ると、「お疲れさま」とねぎらってくれるどころか、父がわたしを見るなり、「やっちもねえ（くだらない）ことをするな！」と烈火のごとく激怒したから、さらに不可解だった。

それ以来、お祭りというものを楽しむことができない。祭りのすべてが意味不明な中で、唯一理解できたのは、屋台だけだった。

祭りだけではない。幼稚園のお遊戯も「むすんでひらいて」など、何のために面白くないことをみんな一緒にやらされるのか、どういう行為なのか理解できなかった。そもそも歌も手順も覚えられなかった(このとき歌って踊るアイドルにならないかと誘われたら泣く泣く断っていただろう)。

ラジオ体操も不可解だった。ふだん動き回っている子どもにどんな意味があるのか。手順も覚えられなかった。朝のラジオ体操でスタンプを押してもらうより、家で眠っていた方が快適だと気づき、一度でやめた(体操のお兄さんに推挙されても断っていただろう)。

運動会も意味不明だった。なぜ自分の走力が劣っていることを父兄や名士に知らせるのか。運動会を始めるのになぜ校長の挨拶が必要なのかも分からなかった。

だがわたしは昔から、何もかも無意味だと断じるニヒリストでもなければ、すべてを疑う懐疑主義者でもなかった。実際、不可解なことばかりではなかった。自分の住所氏名を暗誦させられたのは迷子になったときのためだと理解していたし、いまも、やがて要介護認定で住所氏名を言わされる意味は分かっている。

意味のある行為もかなりあった。障子に穴を開け、壁に落書きし、畳に錐《きり》をさし、十円玉や釘をなめ、柱や砂の味を確かめ、電柱に塗ったコールタールの匂いをかぐなどは、熱心に取り組む意味があった。

宗教行事は理解できなかったが、金品がもらえるクリスマスと正月の意義は理解できた（信仰心が篤いのかもしれない）。

いくら不可解でも、「不可解だ」と表現する能力すらなかった。それどころか、持ち前の従順さで、唯々諾々と大人の言うなりになっていたから、従順だと思われていた（いまもそうだ）。

ただ、どんなに不可解でも、大人になったら意味が分かるだろうと思っていた。大人は間然することなく行動を細かく指示するから、意味は完璧に分かっていると思ったのだ。

驚くことに、大人になっても、何一つ分からないままだ（後期高齢者なのにまだ大人になってないのか？）。

かりに鉛筆ほしさに大八車で運んだ石がピラミッドの一部だったと後で知れば、有意義だったと思うだろうか。人間に強制されるままに荷物をのせた大八車を引き続けた馬は、輸送に一役買ったのだから有意義な一生だったと思うだろうか。

有意義だと思うには自ら選ぶ必要があるように思える。そのためか、どうしても、障子を破り、十円玉をなめる方が有意義だったような気がしてならない。

エビデンスの問題

最近よく「エビデンスを出せ」と言われる。だがエビデンス（証拠、根拠、理由）とは何だろうか。

たとえば十円玉を手から離すと下に落ちると主張する場合、根拠は何だろうか。重力の存在を根拠に挙げるだろうが、重力が存在すると言える根拠は何か。天体など、すべての物体がそのように観測されることが根拠になるだろう。だが、それはいままでの話だ。明日も重力が働くと考える根拠は何かと言われたら、もう答えはない。

これまでに見たカラスが黒かったからといって、次に見るカラスが黒いとはかぎらない。それと同じく、物理法則が明日も成り立つ根拠はない。これは自然科学を支える帰納法の根本問題だ（詳細は紙面の都合で割愛する。「ツチヤの都合だろう」と言うならエビデンスを出してもらいたい）。

日常的には、根拠はそこまで厳密ではない。たとえば喫煙者が「タバコの発がん性は統計の結果だ。確率の問題にすぎない」と確率を軽視するくせに、確率的にはまず当たらない宝くじを買う理由を聞かれると、「宝くじは買わないと絶対に当たらないから」と答えたりする。

これまで百回買って一度も当たらなかったではないかと反論すると、「あと何億回か買えばいつかは当たる」と答えるかもしれないが、それは明確に誤りだ。ルーレットで、百回続けて赤が出たのを根拠に「次は黒だろう」と考えるのは誤りだ。五億回続けて赤が出ても、「次は黒」の確率が高くなるわけではない。

そう考えるのがなぜ誤りなのかについては紙面の都合で割愛する。ただ、どんなに信じられなくても「ギャンブラーの誤り」という専門用語ができているほどの有名な誤りなのだ（「それもひっくるめて全部『ツチヤの誤り』じゃないのか。『ツチヤ』より『ツチヤの誤り』の方が有名なほどだ」と言うなら、エビデンスを出してもらいたい。いや出さないでもらいたい）。

また、「迷ったら自分の直観に従え」という格言に従って、直観を根拠にする人もいる。だが自分の直観ほどアテにならないものはない。わたしはどれだけ自分の直観にだまされてきたか。むしろ「自分の直観を信用するな」という方針を立てた方がマシだ。

ただ、参考までに言うと、わたしは自分の直観に反する方を選んでもうまくいったためしがない。パチンコで「あと五千円だけつぎ込むべきだ」という直観に反して、「あと一万円つぎ込むべきだ」を選ぶと必ず負けるのだ。

この二択は不適切だと言うなら、どんな二択なら適切なのか、エビデンスを出して教えてもらいたい。

国家がからむと根拠の問題はさらに難しくなる。次のような議論になる。

A「主権国家に侵攻してはならない」

B「なぜ侵攻してはいけないのか根拠を示せ」

A「勝手に侵攻すると、世界の秩序を乱すからだ」

B「なぜ秩序を乱してはいけないのか。世界秩序は昔から乱されてきた。アレキサンダー大王やチンギス・カンやローマ帝国やナポレオンやヒトラーを見よ。日本でも戦国時代に互いに侵攻を繰り返した結果、新秩序が生まれた。それがいけないというなら、織田信長をヒトラーやプーチン並に悪人扱いしろ。そして秩序を乱すのは悪いというエビデンスを出せ」

A「秩序を乱さないというのは、いまの人類の決意だ。決意にエビデンスは不要だ。『十キロ痩せる』と決意するのにエビデンスが要るか？　お前、バカか」

B「こっちがバカだと言うならエビデンスを出せ」

A「おれはバカにしているだけだ。人をバカにするのにエビデンスは不要だ」

わたしはこうして太っ腹になった

わたしは昔から「みみっちい」とさげすまれ、「ケチくさい」と軽蔑されてきた。だが、叩かれなければ人間は成長しない。非難に耐え続けてはじめて人間性が陶《とう》冶《や》されるのだ。

ただ時間はかかる。わたしがみみっちさを克服し、太っ腹な人間になったのは最近になってからだ。

過去、最も太っ腹だったのは幼児期だった。どんな幼児でも、靴の左右を逆に履こうが、シャツを前後ろに着ようが、気にしない。どんな親のもとに生まれるか分からないから、何でも受け入れる度量がないと生きていけないのだ。

当然、口に入る大きさの物は何でも口に入れる。汚いとか栄養素とか、細かいことは気にしない（大人になると「知らない人が握ったおにぎりは食べられない」と言いながら、素性も分からないおっさんが握った寿司をおいしく食べる）。幼児は食べ物かどうかさえ気にしない。口に入れて食べられなければ吐き出すだけだ。小便も寝ていようが起きていようが気にしない。このころが一番太っ腹だった。

対照的に、一番神経質になるのは思春期だ。眉の形は一ミリの違いも許さず、髪の毛一本の乱れも許さない。ズボンの長さも太さも気になるが、一番気になるのは、身長が三十センチ足りないことだ。親のせいだ。親が身長だけでなく言動のレベルも低すぎるのが気にさわる。マーク・トウェインが言う通り、「わたしが十四歳のとき父の無知には我慢ならなかった。わたしが二十一歳になると父が七年間で長足の進歩を遂げたことに驚いた」のである。

思春期を過ぎると、次第に神経質なところは失われ、体型も、人によっては、市販の服が入ればよい、最終的には、エレベータに乗れればよい、ドアを通れればよいと、身体も神経も限りなく太くなる。

だが多くの点では「みみっちい」「ケチくさい」と言われる時期が数十年続く。支払いにポイントを細かく使ったり、体調不良で体温を三分おきに測っただけで、非難されるのだ。

低迷期が過ぎ、最近、劇的な進化が訪れた。

神経質になろうにも、目はかすみ、耳は遠くなり、こだわるべき細部が認識できないのだ。電気製品の取扱説明書の文字が細かくて読めず、だいたいの見当で使うから、使えていない機能がかなりあると思うが、太っ腹に無視している。

薬の説明書も細かい文字で書いてあるから、太っ腹にも、用法用量もはっきりしないまま飲んでいる。

味覚も鈍っており、高級コーヒーとインスタントコーヒーの区別もつかず、食べ物が床に落ちても消費期限切れでも、味の違いは感じられない。よく食べ物と食べ物でない物を区別できるものだと思う（できていないかもしれない）。

服装も、シャツを前後逆に着ていたり、ズボンのチャックをしめ忘れていたことに夜になって気づくこともあり、幼児並みに太っ腹になっている。

このように、身体の芯からこだわりがなくなる。異次元の太っ腹と言えよう。

具合が悪いときは相変わらず三分おきに体温を測るが、若いころとは違い、体温がどれだけ悪化しているかを知りたいわけではなく、たんに体温が何度だったかを忘れるのだ。

妻に頼むときも太っ腹だ。

「昼寝するから三時に起こしてね。一分や二分ズレてもかまわないからね」

ご飯のお代わりはこうだ。

「ご飯を半杯ついでくれる？　二粒や三粒狂っても気にしないからね」

われながら太っ腹になったものだ。

迷惑な論理

父の教育は厳しかった。

「石井君は時計が読める。なぜお前は読めない！」と、自分の教え方を棚に上げて、わたしを叱った（まるでわたしが学生に教えるのを見てきたようだった）。

また、「近所の子は寝小便を卒業した。お前はもう小学生なのに、なぜやめられない！」と叱った。

このように、わたしは時計といい、寝小便といい、大器晩成、才能の開花が遅かった（「お前本来の姿が早くから開花しているじゃないか」と言う者もいる）。

問題は、近所の子ができたからといって、なぜわたしができなくてはならないのかということだ。

父は「近所の子はできる。ゆえにお前もできるはずだ」という論理を使っている。この誤った論理のせいで、時計が読めないわたしは、家の外に放り出された。さいわい、隣のおじさんが外で泣いているいたいけなわたしを見て、代わりに謝ってくれたため、家に戻れた。

いま思うことは三つだ。①「ほかの父親は時計の読み方を教えているのになぜお前は教えられない」と言えるから、父も家の外に出るべきだった②いまは代わりに謝ってくれる人が一人もいない③子ども時代のウサイン・ボルトやアインシュタインが近所にいたら、遠く離れた山中に何度も捨てられていただろう。

農家育ちの父は「麦は芽を出したとき踏まないと丈夫に育たない。ゆえに子どもも厳しく育てないとロクな人間にならない」と考えていた。だが麦に有効だからといって、なぜ人間にも有効だと言えるのか。

このように、何かを引き合いに出して、それを根拠にして主張する論法が世の中に横行している。だが、この論法は、多くの場合、誤っている上に迷惑である。以下はその例である。

・外国を引き合いに出す（「欧米では夫はつねに妻に『愛している』と言う。ゆえに日本人もそうすべきだ」）。だが離婚率は（たぶん浮気率も）欧米の方が高い。それに、欧米とは違う習慣の国も多いはずだ。その国を引き合いに出せば反対の結論になっていたはずだ。

・過去を引き合いに出す（「昔の男は勇敢でたくましかった。ゆえにいまの男もそうあるべきだ」）。勇敢でたくましければモテるのか。女は結局、年収と顔で男を選ぶのだ。モテもしないのに勇敢になれるか！

・自分自身を引き合いに出す（「わしは成功した。ゆえに同じやり方をすれば成功する」）。だが成功には、当時の社会状況、経済情勢、運など多くの要因が関係する。同じやり方で成功するとはかぎらない。自分がやっていた早朝の体操などを社員に強要しない方がいい。

・隣近所を引き合いに出す（「隣のご主人は課長よ。あなたはなぜヒラなのよ」「隣の息子は医学部に合格したのよ。うちは浪人なのに」）。だが、なぜ隣と同じでなくてはならないのか。親も環境も違うのに。隣の夫が痴漢で逮捕されたら「なぜあなたは痴漢しないのよ」と責めるのか。

これら誤った論理をこらしめるには、誤った論理でもいいから反論しよう。「隣のご主人は課長なのになぜあなたはヒラなのよ」に対しては「隣はうちと比べて奥さんがきれいだからじゃないかな」と答えよう。

「愛してると言え」と言われたら、「デレデレ甘える小型犬と、無愛想だが主人を守るためにクマに立ち向かう柴犬のどっちがいいのか」と答えよう（実は昔見たテレビの実験では、飼い主が暴漢に襲われたとき、柴犬は一目散に逃げ、立ち向かったのは全犬種中、小型犬だけだった。たぶん忠誠心は個体差によるのだろう。だが事実はどうでもいい。誤った論法を使う相手を言い負かすには、正確な事実は不要だ）。

儲け主義が横行している

人間が強欲になっているのを見るのは気分のいいものではない。とくにわたしから金を巻き上げようとしている場合がそうだ。

欲が深いと感じるのは「礼金」や「お通し」など色々あるが、ここでは価格の設定を取り上げたい。

物の料金はいつでもどこでも同じというわけではない。新幹線のグリーン車、イベントの特別席は一般席より高い料金になっている。これは当然だ。それらは一般席とは快適さ、見やすさなどに違いがある。ちょうど、うな重でも量や質に応じて松竹梅の違いがあるのと同じだ（昔、映画館の特別席で見たとき、映画の大半を寝てしまったが、見た夢は、とくに見やすいものでも鮮明でもなかった）。

スーパーなどの商品の価格は変動するが、これは需要と供給によって価格が決まるからだ。加えて、閉店近くなると売れ残り品を値下げする。これはうなずける。そうしないと廃棄しなくてはならないからだ。

また、自販機のジュースが富士山の山頂では高い値段になっているのもうなずける。富士山の山頂まで商品を運ぶのにそれだけの手間がかかるからだ。

ここまでは納得できる。だが遊園地の中などで自販機の飲物を高くするのはどうだろうか。ゲートを一歩入ったら出られないのをいいことに価格を高くしている。客はほかに選択肢がないから買うだろうが、客の弱みにつけ込んでいる気がしてならない。

さらに抵抗感をおぼえるのは、変動価格制を導入しているホテルや飛行機だ。この業種には繁忙期と閑散期があり、繁忙期には料金を高くしている。

利益を最大化するために海外ではとっくに導入されている。だが黙っていても客が来るのをいいことに、稼げるだけ稼ごうという魂胆が透けて見えて、足元を見られているような気持ちになる。

飛行機の乗り心地やホテルの寝心地がいいという理由ではなく、たんに客が多いという理由で料金を上げるのだ。しかも「需要と供給」の原理は働かない。どこも同じように料金を高くするからだ（よく知らないが、独禁法にひっかからないのだろうか）。ホテルのやり方がイヤなら野宿するしかない。飛行機を拒否するなら太平洋をヨットで横断するしかない（航空機運賃より高くかかるだろうが）。

昔から、喫茶店などで「正月料金」と称してふだんより高い料金を取る店があるが、それと同じ割り切れなさが残る。もっと品よく、愚直に、もう少し無欲になれないものだろうか。利益を上げるために営業していることは分かるが、それなら「サービス第一」「お客様本位」という顔をするのをやめてもらいたい。

もっと問題なのは鉄道だ。現在、ラッシュ時の運賃を上げ、それ以外の時間は値下げする「時間帯運賃」が検討されているという。

これはホテルより悪質だ。ホテルは客一人が占有する空間は決まっているが、電車は客が増えても同じ空間に押し込むだけだ。満員で不快な思いをしているのに、さらに高い運賃を取ろうとしているのだ。むしろ運賃を下げてもいいぐらいだ。

時差出勤を促進するためだと言うが、時差出勤は運賃を上げれば実現するほど簡単な問題なのだろうか。

危惧されるのは、ますます利益至上主義が露骨になり、変動価格制が広がることだ。食堂の人気メニューほど価格が上がり、大学の授業料は人気に応じて高くなり、テレビの人気番組は有料になり、売れる本の価格を上げ、わたしの本は二束三文になる。

そうなったら、わたしは売れる名作を書くか（ほぼ不可能だ）、自分の本を自腹で大量に買うしかない。

違和感のある物語

物語には暗黙の了解がある。たとえば、パーティーに行かせてもらえず、家で働かされている貧乏な娘は美女と決まっている。病床の老人を見舞っている孫娘は美女、病床の老人は大富豪で、孫娘は莫大な遺産を手に入れることになる。老人の病状を説明する青年医師はイケメンだ。医師と孫娘はたいてい結ばれる。「夕日を背にしてたたずむ」のはイケメン、「うろついているのが目撃された」人物は不審者だ。金貸しは強欲なおっさんで、救いの手をさしのべる青年実業家はイケメンと相場が決まっている。

このような暗黙の了解を無視したら違和感を感じるのではないかと思われる。例を次に示す。

※

高級ホテルと見まがう白亜の建物が丘の上で夕陽に輝いている。太平洋を見晴らす大病院だ。その病院を見上げる古びた病院の一室では老人が病気と闘っていた。ベッドのそばでは一人、孫娘が老人を心配げに見守っている。

担当の医師がいたわるように孫娘に病状を説明すると、孫娘の顔はくもり、黒目がちの目がキラキラ輝いたかと思うと真珠のような涙があふれた。一命を取りとめる可能性が二十パーセントもあるというのだ。

孫娘は内緒で祖父に生命保険をかけている。祖父の署名は偽造だ。一命を取りとめたら、今後、保険料を払い続けるのは難しい。勤務先の会社で金をちょろまかしたのがバレてクビになったばかりなのだ。未婚なので、頼る相手もいない。婚活アプリにはいくつも加入し、整形もした。だが容姿にも金にも恵まれない娘に関心をもつ男は現れなかった。老後のために金を稼ぐしかない。

担当の医師は五十がらみ、頭は薄く腹が出ている。かつて窓から見える大病院に勤めていたが、女性患者に猥褻行為を働いてクビになり、次の病院も手術を何度も失敗して追われるなど病院を転々とした挙句、医師不足のこの病院に拾われた。その都度示談《じだん》金を払って警察沙汰は免れたが、金に困って借金した高利貸しに追い回され、最近は病院にまで高利貸しが取り立てに来る。

この日も医師が病状を説明し終わると、強欲そうな脂ぎった背の低い中年男が病室に現れた。その直後、目が覚めるようなイケメンで長身の青年が現れ、医師に向かって「おっさん、金はどうなっとんや。どうしても払えんというならブツをもらおうか」とドスのきいた声ですごんだ。モルヒネを要求しているのだ。

脂ぎった中年男が「やめなさい。警察を呼ぶよ」と落ち着いた声で言うと、青年は「何やと？　おっさん、何者や、コラ」と怒鳴る。中年男は「弁護士だよ。ヤメ検でね。ここへ入る許可はもらったかね。勝手に入ったら建造物侵入罪、三年以下の懲役または十万円以下の罰金だ。それから貸金業の登録はしてるだろうね。登録がないと十年以下の懲役または三千万円以下の罰金だ」と答えた。青年は「おぼえてろ」と捨てゼリフを残して病室を出て行った。弁護士は昔、老人に世話になったらしく、遺言を確認しに来たという。

後日老人は亡くなり、弁護士が孫娘に説明した。遺産は暗号資産だけだが、大化けして時価五億円だ。それをすべて愛人との間にできた障害をもった息子に遺すというものだった。孫娘が「生命保険をかけている」と言うと、弁護士は、保険に入ったことはないと老人は病床で断言したと言った。

だがこの弁護士はとんでもない食わせ者だった。

※

謀略と裏切りの物語の始まりだ。だがこのように、暗黙の了解を破ると、違和感がぬぐえず、その上、感情移入する登場人物がいなくなる。

困難な道を歩む男

学者はある意味で愚かだとされている。学者は塀に開いた穴から牛の尻尾が出ているのを見て、「牛はこの小さい穴からどうやって向こう側に通り抜けたんだろう」と考える。こう指摘されたりもする。

中でも哲学者はさらに難しく考えて生きているに違いないと思われている。

たとえば今日が何日かを新聞で確かめても、「新聞が間違っている可能性がある。印刷してあっても正しいとはかぎらない（本欄がその証拠だ）。新聞も正しいとはかぎらない（わたしが寄稿することもあるし、ニュースでも誤報がある）」と考え、他社の新聞を調べ、インターネットで調べても、確証は得られず、今日は何日なのか一日中思い悩んで何にも手につかないのではないか。

あるいは、本箱を組み立てるとき、ネジを回すのにネジを固定しておいて本箱を回しているのではないか、と思われるだろう。

だが実際は大違いだ。わたしは驚くほど簡単に生きている。簡単なことしかしない。多くの人と同じだ。

水が高い所から低い所へ流れるのは簡単だが、その逆は難しい。同様に、悪癖が身につくのは簡単だが、それから脱却するのは難しい。タバコを吸い続けるのは簡単だが、やめるのは難しい。ギャンブルにのめり込むのは簡単だが、そこから足を洗うのは難しい。一日を有意義に過ごすのは難しいが、無為に過ごすのは簡単だ。誘惑に抵抗するのは難しいが、誘惑に負けるのは簡単だ。ダイエットを続けるのは難しいが、ダイエットをやめるのは簡単だ。通販サイトの「買う」ボタンを押すのは簡単だが、思いとどまるのは難しい。

だが声を大にして言いたい。たしかにわたしはこれまで表面的には簡単な方を選んできたが、決して易《やす》きにつくクズではない。

たとえば仕事をサボるのは簡単だ。だが後でツケを払うのだから、さっさとすませてしまう方が簡単だ。それを承知で、あえてサボる方を選ぶわたしは、簡単な生き方をしていると言えるだろうか。むしろ困難なイバラの道を歩んでいると言うべきではなかろうか。

その場しのぎで嘘をつくのは簡単だが、やがて嘘がバレたらどうなるかを考えれば、正直に謝った方がはるかに簡単だ。それを百も承知でその場しのぎを選ぶわたしは簡単な方を選んでいると言えるだろうか。

さらに問いたい。簡単な生き方をする人が、わたしのように、コーヒー豆を挽くなどの手間をかけてコーヒーを淹《い》れるだろうか。しかもわたしはコーヒーは苦いということしか味が分からないのだ。インスタントでも琥珀色に着色したお湯でもたぶん区別はつかないのだ。簡単にすませる人間が、ほとんど意味のないことに手間をかけるだろうか。

また簡単にすませる人が評判のラーメン店の行列に、五分以内とはいえ、並ぶだろうか。簡単な方を選ぶ人が、通販でトラブルになるかもしれないと思いながら一か八かで買うだろうか。

さらに決定的な証拠がある。ウサイン・ボルトが百メートルを十秒台で走るのは朝飯前だろうが、日本語を話すことは難しい。たとえ話せても、わたしのようにつっかえながらしゃべるのは難しい。その難しいことをわたしは日ごろからあえてやっているのだ。

百キロのバーベルを簡単に持ち上げる人でも、哲学書を読むのは難しいだろうが、わたしは、より困難な、哲学書を読む方を選ぶ。一日中簡単に立っていられる人でも、一日中寝転んでいるのは難しい。わたしは何日でも寝転んでいることができる(いずれそうなる)。

このようにわたしの生き方は簡単そうに見えても、実はあえて困難な道を歩んでいるのである。

寝ても覚めても

この歳になって、「寝ても覚めても」状態がこんなに続くとは思わなかった。もう五日になる。

五日前、所用で出かけた帰りだった。くたくたに疲れている上に、いまにも雨が降りそうな空模様だ。両手に荷物、肩にカバンをかけ、駅から早足で帰ったら、途中、転ぶに違いない。高齢者に転倒は致命的だ。

タクシーに乗ることにした。何台かタクシーが並んでいるが、客はいない。急いで先頭のタクシーに乗ろうとして頭を下げた瞬間、天地がひっくり返った。

初めてだ。これまで数えきれないほど転んできたが、転ぶ原因はいつも、つまずいたことだった。今回は違う。つまずきもしないのにその場で転倒したのだ。

原因は明らかだ。めまいに襲われたのだ。めまいはわたしの百余りある持病の一つで、年に四、五回律儀に訪れる。めまいは数日続き、その間は頭を動かすとグラッとなる。その日もめまいがピークに達していたが、つい忘れていた。タクシーに乗ろうと頭を下げた瞬間めまいに襲われたのだ。

ふつうの人は、足が二本あれば立っていられると思っているが大きな間違いだ。人は足のみで立つにあらず。内耳や脳も必要なのだ。

転倒を避けるためにタクシーに乗ろうとして転倒したのだから、転倒しないでいるには判断力も必要だ。

転倒の衝撃は激しかった。いま自分が仰向けになっているのか、横向きなのか、逆立ちしているのかも分からない。ただ、上品な老紳士が衆人環視の中で無様な姿を晒していることしか分からない。自分の体勢が把握できないため、起き上がれない。事態がこうなったら、明るい材料は一つしかない。これ以上転ぶことはない。

タクシーの運転手が二、三人降りてきて「大丈夫ですか？」と聞いたが、助け起こしてくれる人はいない。幸い財布を抜く人もいない。さらに幸いどうせ財布に大金は入っていない。しばらく一人で苦闘してやっと起き上がり、倒れ込むようにタクシーに乗った。

タクシーに乗ってふと気づくと、腕時計から警告音が出ている。脈拍や歩数を記録するスマートウォッチだ。座っていると一時間おきに「立ち上がれ」と指示するのがうるさいので、音声は切ってある。時計を見ると、「ひどく転倒されたようです」というメッセージが表示され、①「ＳＯＳを発信する」②「転んだけど大丈夫」のどちらかを選べとの指示だ。その質問に答えて初めて、ひどく転倒したことが明確に確認できた。

家に帰り、ざっと身体を点検した。手足や首は胴体から抜け落ちていない。内臓が失われたかどうかは不明だ。どんな転び方をしたのか、四つん這いになった覚えがないのに、膝に擦り傷がある。とりあえず軽傷ですんで初めて安堵できた。

どっと疲れが出て、横になるとすぐに眠りに落ちた。と思ったら激痛で目が覚めた。左右の足首が両方ともけいれんを起こしている。足首がつるのは初めてだ。しかも両足だ。おそらく、いつも履いているビーチサンダルの代わりにこの日は靴を履いたからだ。軽い靴だが、ふだん使わない筋肉を酷使したのだろう。それでけいれんを起こしたのだ。

激痛に耐えつつ、これから先、ビーチサンダルで通すしかないと覚悟を決めた。

翌日、足の各指、足の裏、足の甲、足首の周囲が筋肉痛を起こしていた。筋肉がこんなに細かく多数ついているとは思わなかった。

それより大きい問題に気がついた。肋骨が痛い。仰向けに寝ても、右向きに寝ても左向きに寝ても逆立ちで寝ても、痛くて眠れない。眠っても短時間で目が覚める。続けて十二時間寝るのはとうてい無理だ。

それが五日間続いている。寝ても覚めても痛い。

女性専用車両に乗ったら

いたたまれない状況を一度でいいから経験したいという人におすすめなのは女性専用車両だ。

駅によるが、関西でホームに上がる階段を駆け上がって飛び乗ると、たいてい女性専用車両だ。関東と違って、関西では女性専用車両の位置は中央部にある。無反省に乗ると、乗客の冷たい視線が突き刺さる。遅滞なく飛び降りればいいが、ぼんやりしていると、いたたまれない状況になる。

女性専用車両に乗ってもいい小学六年生以下のふりをするのは難しいため、女性のふりをすると、さらにいたたまれなくなる。

わたしならどうなるか。相手が弱そうだと見て取ると、女性客は責めるだろう。口火を切るのはたぶん、手のかかる子どもが家を出て、教育意欲をもてあましている女性だろう。

女性客「ここ、女性専用だけど。いい度胸をしてるわね。どういうつもり？」

わたし「乗る権利があるはずよ。女なんだから」

「みえすいた嘘はやめなさい！　女がそんな汚い声のはずがないでしょ」

「先日コロナに感染したら咳がひどくてこんな声になったのよ。コロナの後遺症よ。コロナは怖いよね」

「下手な嘘つくんじゃないよ。その喉仏はどう見ても男じゃないの」

「中学生のとき、プロレスごっこで空手チョップを喉に入れられたのよ」

「女の子がプロレスごっこするかしらね」

「女子プロレスを知らないの？　それにわたし、昔からずっと『女々しい』とか『女の腐ったようなやつ』と言われてきたのよ」

「『女の腐ったような』とか『女々しい』とか言われるのは男に決まってる。女に向かって『女々しい』とは言うはずがないわよ」

「女子プロレスもことばも知らないのね。男でも『男らしい』とか『雄々しい』と言われるでしょう？　『男より男らしい』と言われている女性を知っているし。そこまで疑うなら脱いで見せようか？」

「脱いだら訴える」

「分かった。本当を言うと、身体は男でも女々しいの。それっていけないこと？SDGsの時代なのよ」

「持続可能な開発目標？　何の関係があるのよ」

「違った、ＬＰＧだ」

「それは液化プロパンガス」

「ＬＤＫ」

「リビングダイニングキッチン」

「ＬＶＰＣＡ」

「知らない。何それ」

「わたしも知らない」

「何よ！　ＬＧＢＴって言いたいの？」

「何それ。とにかくわたしは女々しい老人なのよ」

「老い先短いんだから、悪あがきはよして、さっさと隣の車両に行きなさいよ」

「老い先短いから大切にいたわるべきでしょう？」

「あんたね、歳を取って男の絞りカスになって男の魅力のかけらもないからといって、何でも許されると思ったら大間違いだからね」

「ここは男を排除するための車両なんだから、男の要素がなくなってるならここにいてもいいじゃないの」

「男じゃなきゃいい、ってわけではないわよ。メスのゴキブリとか、メスのクマとか迷惑なのよ。さっさと隣の車両に移りなさいよ」

「あと三駅だけなのよ」

「しつこいわね。うちの三歳の孫の方がよっぽど聞き分けがいいわ」

「あのね、子どものころは聞き分けがよくても、色々こづき回されていると、こうなるんだよ」

こう言うと、ほかの客が口々に参加するだろう。

「うちのワンちゃんの方が聞き分けがいいわ。毎朝、新聞を取ってくるのよ」

「この人、イヤイヤ期じゃないの？　うちの息子はこの前イヤイヤ期を終えたけど、このおじいさんも時期が来れば直るのかしらね」

ネタバレ・倍速視聴の時代

最近、若者の間で、映画やドラマを倍速で視聴したり、映画や小説のあらすじを紹介するネタバレサイトが定着しつつあるという。

長時間かけて気をもんだ挙げ句、結局つまらない筋だったり、受け入れられない結末だったり、話が理解できなかったりしたら、費やした時間が無駄になる。だからネタバレサイトであらすじを確かめたり、倍速で視聴したり、重要でない部分は飛ばしたりして時間を節約するのだという。

子どものころ、映画館で『鞍馬天狗』をよく見たが、鞍馬天狗が杉作を助けに馬を駆るまで映画館の中を走り回って遊んでいたから、時代を先取りしていた。

音楽を倍速で聞く人はあまりいないが、曲を作る側の人は前奏をできるだけ短くしているという。たぶんスポーツも、勝敗の結果だけを新聞で見れば十分なのだろう。いずれ、競馬は順位と払戻金を知るだけでよくなり、パチンコも入店すると同時に「二万五千円の負けです」と結果を知らされて金を取られるようになるかもしれない。

われわれの世代は逆だ。予測を裏切る展開が大好きだ。結末が分かっていたらミステリを読む意味がない。実生活でも、今後の見通しは暗いから、予想を裏切る一発逆転のドンデン返しを期待しているのだ。

プロ野球ファンの知り合いは、仕事に行く前に野球中継を録画予約し、周囲に「絶対に結果を言うなよ」と厳しく言っていたが、タクシーに乗ると、運転手が「今日の巨人は強かった」と漏らして激怒した。

また、ミステリを古書で読むと、登場人物に「こいつが犯人だ」と赤鉛筆で書いてあったのに腹を立て、ほんとうにその通りかどうか意地になって最後まで読んだところ、別の登場人物が犯人だったことが判明したという人もいる。そしてそれ以来、その種の書き込みを見つけると、ミステリそのものより、書き込みの真偽を確認する読み方が習慣化したという。もしかしたら、ミステリ作家がみずから登場人物に「(こいつが犯人だ)」を挿入するようになるかもしれない(その人物はシリーズ第五作の犯人だったりする)。

不思議なのは、本のネタバレサイトに書いてあるあらすじが、かなり細かいことだ。もっと大胆に刈り込めば時間を大きく節約できるはずだ。たとえばこうだ。

シェイクスピア『ロミオとジュリエット』恋人の男女が死ぬ話

シェイクスピア『ハムレット』最後にみんな死ぬ話

トルストイ『戦争と平和』　多数の人が登場する話
トルストイ『アンナ・カレーニナ』人妻が不倫の末にみずから命を絶つ話
フローベール『ボヴァリー夫人』　人妻が不倫の末にみずから命を絶つ話
ドストエフスキー『罪と罰』　人を殺して悩む話
プラトン『ソクラテスの弁明』　ソクラテスが死刑の判決を受けた話
デカルト『方法序説』　自分の心が最も確かだと主張する本
ハイデガー『存在と時間』　存在の解明に乗り出し、未完に終わる大著
ウィトゲンシュタイン『論理哲学論考』　哲学は無意味だと説く哲学書

さらに簡略化すれば、何冊も一挙に時間を節約することができる。

哲学書　自分の説だけが正しいと論証した本
ミステリ　最後に犯人が分かるか、悪が負ける本
実用書　会社のやめ方、自己破産の仕方など実用的な情報を知らせる本
医学書　信頼できる、あるいは信頼できない治療法を紹介ないし宣伝した本
健康書　実行できない健康法を紹介した本
エッセイ　実用的でない本
ツチヤ本　必読・必買書

予知能力を与えられたら

神が側近の聖ツチヤに言った（すべて敬称略）。聖ツチヤは新参だが、持ち前の社交性で神に取り入り、側近格にまでなっている。

「困ったもんだ。人間は予知するために科学を発達させ、次の日食がいつ来るかも、青酸カリを飲めば死ぬことも知っている。それなのにもっと予知したいと思っている。なぜだ？」

「一カ月定期にするか三カ月定期にするか決めるとき、三カ月間生きているかどうかを知りたいんです」

「ケチくさい！　一方では、高齢になるとこの先ロクなことがないから、先のことは知りたくないと言う。ミステリも予測不可能であってほしいと願う。アホちゃうんか。アダムは知恵の実を食べたはずやろ。知恵がついとらんやないか」

「神様から見ればみんなアホです」

「予知能力なしでも、経験的に分かることもある。こう言えば妻が怒ると分かっているのに言ってしまう。これを食べたら太ると予知できるのに食べる。不幸な未来が分かっても行動を改めないのだ。不幸が待っていると分かっていてもやりたいことをやるのが人間だ。予知に何の意味がある」

「まさにアホです。生前のわたしがそうでした」

「思い知らせるために、予知能力を与えてやろう」

「問題があります。のほほんと暮らしていると大地震が起きて驚く場面を予知したとします。大地震が来ることをあらかじめ知っていながらのほほんと暮らしたり、大地震に驚いたりすることは不可能です」

「知っているよ。全知全能だから。だがいまでも地震が来ると警告されているのに耐震化もせずのほほんと暮らし、地震に驚いているではないか」

「予知できたら、みんな競馬や株に全財産を賭けますが、それでいいんですか」

「全員が同じ馬に賭ければ、払戻金は賭けた金より少なくなり、全員が損をする。競馬は成立せず、廃止になる。それを予知したらだれも競馬はしない。また、みんな同じ株に買い注文を出すとすぐにストップ高になり、一部の人しか買えない」

「では予知能力を全員じゃなく、特定の一人に与えてはどうでしょうか」

「そうしよう。ただギャンブルで勝つだけなら面白くないから、三回に一回の確率で外れると本人に説明しておこう。予知によって競馬か株に全財産を賭けると外れる可能性がある」

「わたしなら全財産を三回に分けて賭けます。そうすれば、どれかが外れても大儲けできます」

「アホか。三回続けて外れる可能性もあるのだ。最初の百回はずっとハズレのこともありうる。ハズレの確率を三分の一にするから」

「それじゃ予知できないのと大差ありませんね」

「大差はある。馬券を買うとき、スマホをタップするが、頭の中でタップしようと考えた時点で、指がタップの動きをすることを人間は予知しているはずだ。さらに特定の場所をタップしたとき、馬券購入サイトにつながるものと予知している。さらに馬券購入ボタンをタップした時点で、目指す馬券を買ったことになることを予知している。ここまで予知は三つだ。それも外れる可能性がある」

「じゃ、指が思った通りに動かないこともありうるし、スマホをタップすると厚労省につながる可能性もあるし、狙った馬の馬券を買ったつもりが他の馬の馬券だったり靴下十足を注文していたということもありうるんですか？　それならいまより悪いじゃないですか」

「よく分かったね」

「なんて意地悪なんだ。人生うまくいかないはずだ」

太っ腹な人物

昔から太っ腹な人物にあこがれてきたが、胴回りは太くなったものの、細かいことにこだわらない度量の広い人間にはまだ道半ばだ。

太っ腹かどうかは人間の評価に直結する。たとえば何人かで会食し、会計を引き受けて全員から金を徴収し、レジで自分のポイントカードにスタンプを押してもらったりしたら、一発で軽蔑されるだろう。こういう人間がいても目くじらを立てず、まったく動じない人物になりたい。

太っ腹な性格は、女が男を評価する上でも重要な基準である。だが一方で細かいところに気づくことを要求されている（髪型の変化や機嫌の良し悪しなど敏感に察知しなくてはならない）。その上で、料理の味つけやバッグの値段など、細かいことは気にするなというのだから難しい。

女に評価されることはあきらめているが、太っ腹になるのは根本的に困難であると思うようになった。

わたしにも太っ腹なところはある。昔、混んだ電車でわたしの足を踏んだ女が謝りもせず、「そんなところに足を置いたらわたしが足をくじくじゃないの！　ハイヒールはくじきやすいんだから」と顔で威嚇《いかく》したときは、危うく謝りそうになったが、いつもそういうわけではない。別の女性が「あ、すみません。大丈夫ですか？」と申し訳なさそうに謝ったときは、笑顔で「いや、いいんです」と快く許した。骨折しているかもしれないと思いながら。

そのたびにわたしは太っ腹だと自分に言い聞かせたが、たんに気が弱いだけという気もする。

同様に、散髪屋で気がついたら一番嫌いな髪型にされ、「どうです？」と聞かれた場合、どんなに気に入らなくても「いいですね」と満足そうな表情を作ってきた。それも太っ腹どころか、文句を言う勇気がないだけのような気がする。

太っ腹になるのはほぼ不可能な場合もある。二千円の支払いに一万円札を出すと、「お釣り、細かくてすみません。千円札ばかりで」と言われることがある。「全然かまいませんよ」とにこやかに応じるだろう。むしろそれで文句を言う方が勇気がいる。

だが「細かくなってすみません。百円玉ばかりで」と言われたら、動揺の色を見せずに「いいよ」と応じることができるだろうか。

あるいは、幼なじみの友人がスポーツの大会で優勝すると祝福するだろうが、自分は受験に落ちたのに友人は合格し、自分が思いをつのらせている女性と友人が結ばれ、就職後も自分は食うにも困っているのに、友人は会社を起こして大成功をおさめても、心から祝福できるだろうか。

それどころか、太っ腹であっては困る場合も多い。音楽家が「音程が三度違おうが、リズムがずれようが、それが何だ。わずかな違いにいちいち目くじらを立てて、鬼の首をとったように『そこ違う』と指摘する器の小さいやつ、人間として許せん」と言うのは音楽家として許せない。

また、料理屋で板前が「世の中、細かいことにチマチマ言うやつが多すぎますよ。味が濃いとか、出汁が出てないとかいうやつ、そんなこと言ってたら、自然界じゃあ餓死してしまわぁね。そうだろう、お客さん？」と言ったら反対しにくい。手には包丁があるし。

あるいは大工が「家が少しぐらい傾いているから、床が抜けたからって、それがどうした。細かいことを気にするなら地面で寝ろ。平らな地面なら真っ平らだし、抜けやしないんだ」と言ったらどうか。手には金槌とノミをもっている。

こうしてみると、太っ腹になるのは不可能などころか、なぜ太っ腹な人が評価されるのか分からなくなった。

八の章

ブラックで飲むコーヒー

コーヒーが好きだ。通と言ってもいいとさえ思う。もしコーヒー愛好家協会という団体があり、そこの理事長になってほしいという要請があれば、月給五万円以上もらえる閑職なら喜んで引き受ける用意がある（閑職なら運転手でも掃除係でもいい。運転免許はないが、仕事がないなら免許は不要だろう）。

実際、その資格はある。学生のころからコーヒーを欠かしたことはない。年老いて楽しみが減ったいまも、コーヒーは生活の重要な一部になっている。わたし自身より重要だと言っても過言ではない。

ただ問題が一つある。わたしは漫然と飲んでいるわけではない。数十年にわたっておいしいコーヒーを探し求め、素人には十分すぎる道具をそろえ、コーヒー豆も選びに選んで値段の手頃な豆を買っている。こうして長年にわたっておいしいコーヒーを求めてきたが、いくら探しても苦いコーヒーしか見つからないのだ。

苦いにもかかわらず、これまで毎日二杯も三杯も飲んできた最大の理由は、大量のクリームと砂糖を入れて苦さを打ち消すと、非常においしいからだ。だがクリームと砂糖だけではおいしくない。コーヒーが隠し味に不可欠なのだ。

しかしカレーに醤油を隠し味に入れるとおいしいからといって、醤油だけ飲んでも塩辛いだけだ。それと同様に、コーヒーだけを飲んでも苦いだけだ。

そう言うと、「コーヒーは苦いからおいしいんだ。そのおいしさが分からないなんて、舌か脳がバカなんじゃないのか？　お前は違いが分かる男を気取っているが、コーヒーと泥水の違いが分かるという程度じゃないか。目隠しテストならその違いも分かるかどうかあやしいものだ」と言われるだろう。そう言いそうな者がまわりに五人はいる。

だが、違いの分かる男だからこそ、コーヒーの苦さに手を焼いているのだ。違いが分からなければ、バナナジュースやみそ汁をコーヒーだと思って飲んで満足していただろう。

実際、コーヒーが嫌いな人に理由を聞くと例外なく「苦いから」と答えるが、コーヒー好きの人に好きな理由を聞いても「苦いから」と答える。苦いと感じる点では同じなのだ。ではコーヒー好きの人は、本能的に嫌うはずの苦味をなぜ好むのだろうか。

おそらく世界で何億もの人が苦いのを我慢して飲んでいるうちに、「苦いから好き」と感じるようになり、コーヒーを毎日飲まないではいられない身体になったのだろう。ちょうどわたしが初めてコーラやタバコを口にしたときと同じだ。「まずい」としか思えないのを我慢しているうちにコーラもタバコも手放せなくなったのだ。依存体質のわたしなら苦いコーヒーに依存するのも簡単なはずだ。

そこでわたしはいま、苦いコーヒーに依存するよう、ブラックでコーヒーを飲んでいる。しかもブラックならカロリーはほぼ無視できるからダイエットになる。

ブラックで飲むようにした効果はてきめんだった。体重はみるみる減り、あっという間に三キロ減った。だがそこでパッタリ止まってしまった。

これ以上減らすには、コーヒーと一緒に食べているスナック菓子をやめるしかない。だがそれをやめても〇・五キロほど減ったら頭打ちになるだけだろう。さらに減量するには、口に残ったコーヒーの苦味を一掃するために食べているみかんやバナナを削るしかない。そうなったら何を楽しみに生きればいいのか。

ダイエット効果はそこそこあったが、ブラックにして二カ月、ブラック・コーヒーに依存する気配はない。苦さを我慢する毎日だ。辛抱強くなった気がする。

ンドンゴッン語の概要

最近、北欧のミステリをよく読むが、人名や地名が長くて覚えるのが大変だ。一見、脳トレになりそうだが、実際には、残り少ない記憶力をしぼり取られているような気がする。

人名が長いと色々と困るが、とくにスポーツ実況は困難になる。長い人名の選手同士がボクシングで闘う場合、両者の名前が似通っていて省略できないと、実況はこうなる。

「おっと！　ナンヤコラゴロツキーノサノバビッチメがジャブから右ストレート！ナンヤコラゴロツキーガサノバビッチラがダッキングでかわして右カウンター！ナンヤコラゴロツキーノサノバビッチメのアゴをとらえた！　ナンヤコラゴロツキーノサノバビッチメ、よろめいた！　ナンヤコラゴロツキーガサノバビッチラがさらに右フック、そしてアッパー！　レフリーのオイコラドナイシトンネンビッチが止めた！」

早口のアナウンサーでも実況はまず無理だ。

グローバル化が進むと、さらになじみのない人名や地名に接することが増えるだろう。

言語によっては舌を鳴らす音を含む音韻組織をもつものも存在する。「声に出して」読めても、文字表記はかなり困難だ。

一例として「ンドンゴッン語」を想像してみた。

「蚊に右脇腹を嚙まれた」に当たる表現は「ンッアッノッウィデョラカッユカユユ※ハキョラッオッゴフッンド#バッンダッババババ#ンゴ」だ（「※」は舌をルルルと震わせる。「#」は舌を鳴らした後、引き笑いのように息を吸って声を出す）。

「蚊に」に当たる表現は「ンッアッノッウィデョラカッユカユユ※」である。これは蚊の一般名で、種類、性別などによって細分化され、それぞれに名前がある。より強いかゆみをもたらす蚊は「ンッアッノッウィデョラカッユッカカーユカッユユ※ーイッ」である。「右脇腹を」に当たるのは、「ハ」である（人体の名称は通常、短い。「目」「胃」「手」「歯」「血」「毛」を参照）。

「嚙まれた」は複合表現になる。「嚙む」の語幹は「キョラ」である。これに法と時制と相の語尾がつく。この場合、直説法半過去受動相の語尾「ッオッゴ」が付き、その後に人称変化の語尾がつく。人称変化は話者と主語になる対象の関係によって変化し、「話者の叔父の第五夫人の父」が主語として想定されている場合、「フッンド#バッンダッバババ#ンゴ」という語尾がつけられる。

これに「いい気味だ」という話者の気持ちが込められると、語尾は「#フッンド#バッンダッババババ#ンゴ※」となり、「かわいそう」という気持ちが入ると、語尾は「フッンド#バッンダッババババ#ンゴンル※※※」となる。

韻文はひんぱんに使われ、男女の間で詩歌がよく交換される。五七五に当たる韻律は「二百・八十七・三百一」の形が最も使われ、それに応じて、音楽も百二十四分の七十九拍子の曲が最も多い。

これでは不自由だろうから、簡略にすればよさそうに思えるが、宗教的理由から簡略化は禁じられている。

相手を罵倒することば(「バカ!」など)は、言い切るのに三分もかかる長い表現だ。だから、ののしることはほぼ不可能だ。第一覚えられる人は少ない。そのため口喧嘩は少ない。

以上のように長い固有名詞や複雑な文法をもつ言語は、知的活動を阻害しそうだが、不思議なことに、複雑なギリシア語のもとで驚異の文明が花開き、複雑な敬語を使って源氏物語が書かれた。言語が複雑でも文化の発達には関係がないのかもしれない。人名が長くても、たんに老人に負担を強いるだけかもしれない。

新刊『長生きは老化のもと』の解説

本の売れ行きを決めるのは第一に著者名である。わたしの筆名も「W・シェイクスピア」（ウォレス・シェイクスピア）とか「夏耳漱石」にしてもよかったが、そんな姑息なことはプライドが許さない。それで売れるならともかく、売れるわけがないのだ。

著者名に次いで重要なのは書名だ。世界で最も売れた本は聖書だが、もし聖書が『ツチヤの軽はずみ』というタイトルだったら、あれほど売れただろうか。第一、いくら書名が重要だからといってわたしの本に『続・聖書』とか『聖書・番外編』という書名をつけたら逆効果だ。とくにわたしの文章が文章なだけに。

次いで重要なのは解説である。マイク・タイソンのような有名人が書いた文章や、新たに発見された清少納言の文章が解説としてついていれば、解説目当てで買う人も出るに違いない。極端な話、特定のレースの競馬の極秘情報を袋とじにしてもよいと思う。

わたしは過去、書店で解説を立ち読みして購入し、本文を読んでがっかりしたことが何回もある。そうなってから返金を求めても遅い。この経験から、解説の重要性を認識するようになり、解説の人選には力を入れている。新刊『長生きは老化のもと』の解説の執筆を川上弘美さんにお願いしたところ、奇跡的に引き受けていただけた。以下、お礼のメールである。

※

このたびは解説をお引き受けいただき、まことにありがとうございます。

とんでもないお願いだということは重々承知しています。すばらしい文章力といい、中身の奥深さといい、陰ながら現代日本の文豪のお一人と尊敬する川上さんに拙文の解説をお願いするのは、幼稚園の学芸会で桃太郎を演じるわたしが、大女優に鬼の役をしてくれと頼むようなものです。

ご快諾いただいたことで、ありえないと思うことでもチャレンジすることの大切さを再確認しました。これなら、本文の一部または全部を代筆していただいた上、十万円を貸していただくようお願いすればよかったと思っています。

万一お引き受けいただけなければ、週刊文春に「『川』で始まる芥川賞作家がいるが、紫綬褒章まで受章しながら、年老いた恩師の願いを、老い先短いからといって平気で踏みにじっていいのだろうか。わたしはその者の恩師であることを深く恥じる」と書くところでした（直接お教えしたことはありませんが、同じ大学に在籍すれば学恩が発生することについては、文科省令第三十八号を参照してください。何も書いていないと思います）。

釈迦に説法ですが、解説が何のためにあるかはご承知のことと思います。売り上げを伸ばすためです。売り上げの点では、解説は本文よりも重要です。帯に「解説川上弘美」と書いているのを見て、解説だけ立ち読みしようという軽率な人がいるはずです。その人に「買ってみよう」という気持ちを起こさせる文章力を、川上さんは十分におもちです。

ただ、川上さんにもリスクはあります。「こんな本のために解説？　センスを疑う」と思われる恐れがあります。学芸会の「桃太郎」で大女優が鬼の役をすれば「出る劇を選べ！」という批判が出るのです。

でも川上さんには、そんな批判をする者を恥じ入らせ、購入に走らせる文章力がありますす（購入するのが川上さんのご著書にならないよう調整してください）。

必要なら、嘘でも悪口でも書いてください。たとえば「ツチヤはノーベル文学賞をもらってもおかしくないほどの名文家であるのをいいことに、調子に乗りすぎではないか」など。

ボールペン一本分のスペース

通販の会社から試供品と贈呈用ボールペンが送られてきた。安物のボールペンだ。どうせすぐに書けなくなる粗悪品に決まっている。そう思って試し書きすると、意外にもスラスラ書ける。完動品は捨てられない。

それが問題の発端だった。食事や作業の場所にしているのは食卓だ。そこにペン立てを置いてあり、すでに筆記用具がギチギチに入っている。新たにボールペンが入る余地はない。

住居にはボールペン一本分のスペースはある。押し入れにも玄関にも（わたしの居場所がないと思うこともあるがそれは心理的な意味だ）。筆記用具は物理的に手元になくてはならない。

たかがボールペン一本分と馬鹿にはできない。山椒は小粒でもピリリと辛い。薪は楊枝の代わりにならず、長持は弁当箱にならない。関係ないが、柔よく剛を制し、窮鼠《きゅうそ》猫を嚙む。

ボールペンの置き場所はペン立てしかない。ペン立てには筆記用具が二十本は入っている。二十本もいるのかと思うだろう。たしかに全部使い切るには百年はかかる。使わなくても百年たてば劣化して書けなくなる。しかも筆記用具を使う機会は激減している。手紙はメールになり、原稿執筆も校正もデジタル化され、荷物の配達にサインするのは業者のボールペンだ。わたしの筆記用具はいまや、書類に記入するのと、まだインクが出るかどうか試し書きするのに使うだけだ。

だが万一停電が長く続いてパソコンが使えず、しかもすべての筆記用具が製造中止になった上に、百年以上生きたらどうするのか。

やはり二十本は必要だ。だいたい、筆記用具と心配事の数が減ることはないのだ。現在、増えすぎて必要な筆記用具を探すのが困難なほどだが、どれも必要だし、ちゃんと使えるから、捨てる理由がない。

送ってきたボールペンをペン立てに無理やり押し込むと、一本だけ飛び出てしまう。きれい好きなわたしには耐えられない。

大きいペン立てを買うしかないが、それを置くスペースがない。ペン立ての周囲が立て込んでいるのだ。

ペン立てのまわりには、返信すべき郵便物が何通かある（どこに何通あるか不明）。返事を書こうと呻吟《しんぎん》しても文章が書けず、「時間が解決する。もしくはわたしまたは関係者の死が解決する」ことに希望を託して放置し、返事を出すタイミングを逃した手紙類だ。

さらに、送られてきた年金や保険料の支払いなどの書類がある。何をどうすればいいのか理解できないまま、「時間が解決する。もしくはわたしまたは関係者の死が解決する」ことに望みを託して放置してある。

それらに混じって新聞広告がある。広告をテーブルに置いて、急須の中に入っている茶こしを叩きつけると茶殻が取れるのだ。

空き袋もたまっている。牛乳パックやピザの箱をたたんで広がらないよう、ギリギリ入る袋に入れて捨てるのに必要なのだ。

それらが渾然一体となって食卓に積み重なっている。そこへ使い方が分からなくて放置してある百均の道具、しおり、クリップ、みかん、お菓子の空箱、サプリメント、薬、各種取扱説明書、老人ホーム関係の通知、テレビやエアコンなどのリモコン、タブレット、充電器、ティッシュ、スマートスピーカーなどが加わり、山のようになっている。いずれも必要な物ばかりだ。テレビは隙間から十分見える。

忘れてはならないのは、それが食卓だということだ。食事のために手前に幅二十センチほどのスペースを空けている。

解決不可能に見えたスペースの問題は、問題発生の翌日、あっけなく解決した。ボールペンのインクが二日目に出なくなったのだ。

解決できない問題はどこへ行くか

問題というものは毎日のように発生し、増える一方だ。増え続ける問題はどうなっているのだろうか。

昨日も、食器洗い用スポンジが行方不明になった。おろしたてでよく目立つオレンジ色だ（なくなりやすいから目立つ色にしてあるのか？）。それなのにどこを探しても出てこない。神隠しにあったようだ。何のために神がスポンジを隠すのか知らないが。

仕方なく今日、新たにスポンジを買った。だが、これで問題が解決したわけではない。スポンジが見つからないという問題は解決されないまま残っている。

ふつう「問題が生じたら解決する。それによって問題がなくなる」と考えられているが、問題が解決されることは驚くほど少ない。

政治の世界では、議論が平行線のまま続き、一方が他方を論破するのではなく、数の論理で一方的に押し切られる。これが「問題の解決」と言えるだろうか。

会議で議論がいくら白熱しても、議論だけではいつまでたっても結論は出ない。

時間切れか、上からのツルの一声で結論が出る。これも解決とは言えないだろう。

哲学ではほとんどの場合、激しい議論になるが、決着がつくことはまずない。お互いに「あいつは石頭だ」という結論を心の中で下し、物別れに終わる。問題は未解決のまま、いつしか関心が薄れてしまう。

このように、問題が解決されることはまずない。たまった問題はどこに行ったのだろうか。

子どものころ、わたしは横綱になるか演歌歌手になるか悩んでいたが、大人になって体格も歌唱力も貧弱だと判明し、横綱も歌手も断念した。だが納得したわけではない。ただ、なりたいものになれないという不条理に直面しているうちに不条理に慣れただけだ。

モテ男になるという夢にも裏切られたが、納得しているわけでも断念したわけでもない。むしろ不当だと思い続けているが、モテないことに慣れた。慣れすぎたため、万一モテたら絶対に裏があると思うほどだ。

また、身体の調子が悪くてガンに違いないと思いながら、検査を避け続けていると、何一つ解決しないのに、心配するのに慣れ、気にならなくなってくる。

問題はどこにも行かない。ただ慣れるのだ。ゴミ部屋に住めるのも、ダイエットに失敗ばかりしてやせられないのも、受験に失敗し、失恋し、結婚に失敗し、ギャンブルに負け続けても、生きていけるのは、慣れのおかげだ。「時間が解決する」と言われるのは、大部分、慣れの効果なのだ。

先日、教え子が漫画を返してくれと言ったので、こう答えた。

「そんな漫画は返したし、そもそも借りていない。そんな本が存在していることも知らない。第一、面白くなかった」

「論理が無茶苦茶です。それだけ無茶苦茶になれるのなら『借りた本をまだ返していない』と認めてもよさそうなものです」

「借りたと認めよう。貸した本が返ってこないのは看過できない問題だ。だが問題ならしめたものだ。解決しなくても、しばらく耐えていれば問題に慣れてなじんでくる。ちょうど捨て猫が家に迷い込んできたら、最初、家族はネコがいることに違和感を抱くが、しだいになじんできて、ネコがいなくなりでもしたら血相を変えて探すまでになる。それと同じく、問題にはなじんでくるのだ。何一つ解決してないのに」

「そうなんですか？　よかった！　昔、哲学書を五冊お借りしましたが、気づいたら家族が売っちゃってたんです。高く売れたそうです。ですから申し訳ないんですが、返せません。でも返せなくていいんですね？　いずれなじみますから」

夫の人生相談

【問】小遣いを三十年間ずっと上げてもらえません。

【答】理由は三つあります。第一に、あなたの稼ぎが少ないからです。大富豪なら、稼ぎの一パーセントの小遣いでも、使いきれないほどになるはずです。

第二に、支出がかさんでいるのです。知らないでしょうが、奥さんは高価な服やバッグなどを買い、高価なランチを奥さん仲間で食べています。それを指摘しても「あなたがケチで妻に窮乏を強いていると思われてもいいの？」と、夫の名誉を守るための贅沢だと反論されます。たぶんネコもネコ缶です（ネコは一度おいしい物を食べると安物は食べなくなるのです）。ネコはカワイイため、お金を使っても惜しくないのです。くやしかったら、ネコぐらいカワイくなることです。

もしかしたら、奥さんはこっそり新しく生命保険をあなたにかけているかもしれません。その場合、掛け金も必要になります。

それだけの支出を、あなたの限られた収入から捻出するには、何かを削らなくてはなりません。あなたの小遣いを減らす以外、何を削ればいいのでしょうか。

第三に、あなたの小遣いを増額したらどうなるでしょうか。ギャンブル、飲食など遊興費になるだけです。「歴史を勉強するために使う」と言っても、あなたの歴史の勉強は、客観的に見れば遊興と同じです。何の役にも立たず、家族のためにもならないからです。奥さんへのプレゼントを買うにしても、プレゼントの選び方が的外れに決まっています。奥さんに選択をまかせた方が喜ばれます。もうお分かりでしょう。最初からその代金を徴収されているのです。

【問】妻がわたしの話を聞いてくれません。

【答】あなたからは傾聴に値する話が聞けないからです。十年間聞き続けても、有益な情報も面白い話も出てこないと見抜かれているのです。奥さんも相手によっては、興味のあるふりをして聞くはずです。イケメンとか有名人とか。

コミュニケーション力を上げる方法を書いた本やことばの上手な使い方の本を読んでも役に立ちません。そもそも奥さんはあなたと意思疎通したいとも思っていないからです。実際、ことばを話せない犬やネコとははるかに気持ちを通わせているのです。犬かネコに生まれ変わることです。

【問】家に居場所がありません。

【答】大豪邸に住む資力があれば、あなたにも一畳か二畳のスペースを割いてもらえますが、資力がないなら、あなたの居場所を確保することは困難です。

ただ、あなた自身が占有する空間はさほど広くありません。せいぜい冷蔵庫ぐらいです。部屋の隅とか階段の下にそれぐらいの空間はあります。窮屈かもしれませんが、紙袋や段ボールなど、狭いところに入りたがるネコを見習いましょう。やってみると意外に落ち着きます。

広大な戸外に居場所を求めるべきでしょうか。でも公園のベンチに座っていると不審者扱いされ、下手をすると通報されます。銀行や市役所は用事がないと追い出されます。図書館はあなたと同じ境遇の中高年男のたまり場になっていて、まるで収容所です。勉強も禁止になっていたりします。税金を払って建てられた図書館に居場所がないのです。戸外の広さは居場所に関係ありません。広大な草原でもウサギやネズミは狭い巣穴で小さくなって暮らしているのです。

いっそのこと、病気になって入院するか、家で気配を消し、目立たないようにするしかありません。見つかったら殺されるゴキブリよりマシです。

［回答者　八十五歳。匿名希望。八度の離婚を経て独身。安らぎを得たという］

どう言えばよかったのか

人生は後悔の連続だ。大学教師のころ、もっと尊敬されてもおかしくなかった。大学教員は尊敬されやすい立場だ。それなのに、気取らない性格だとはいえ、軽んじられたのはなぜなのか。

ああ言えばよかったと思うことが多すぎる。あるとき哲学の研究発表大会を開くことになり、学生が立看板を作っていた。看板がないと「ツチヤを糾弾する会」なのか「持続化給付金で儲ける強欲セミナー」なのか不明だ。学生が毛筆で書いた看板の字は目を覆いたくなるほど下手だ。これでは他大学に笑われる。わたしがいるではないか。ふだん黒板に書くのを見ているから実力は知っているはずだ。見るに見かねて学生に言った。

「なぜわたしに頼まなかったんだ？」

「先生が黒板に書く字を見ているからです」

「ざ、残念だ……もし頼まれたら、断っていたのに」

こう言ったとき、わたしを見る学生の顔がニュートラルから軽蔑に切り替わったのが分かった。そしてこう付け加えた。

「先生が断るとは夢にも思いませんでした。てっきり引き受けると思ったんです。わたしたち、笑い物になりたくありませんから」

このときせめて反論すれば面目は保てたはずだ。

「板書で判断してはいけない。チョークと毛筆は、落雁《らくがん》とぜんざいぐらい違う」

「ぜんざい一杯と二杯程度の違いでしょう……書道のご経験があるんですか？」

「小学生のとき書道教室に通った」

「何級だったんですか？」

「質問からしてバカにしているじゃないか。何段ですかと聞きなさい」

「何段だったんですか」

「三段……」

「えっ、三段⁈」

「検定を受けていればだ。実際には何段になるのか分からずじまいだった」

「何年続けたんですか？　いえ失礼しました。何十年続けたんですか？　いえ何百年続け……」

「おちょくるのはやめなさい。一日で学ぶことは何もないと悟ったんだ。それ以来、近所では宇野の小野道風《おののとうふう》とささやかれていた」

「それ、地方の豆腐屋さんですか？」

「小野道風も知らんのか。蛙が何度も柳に飛びついては失敗するのを見て奮起した人だ」

「奮起して、柳に飛びつくことに成功したんですね」

「違う！　書の名人になったんだ」

「えっ、先生は書の名人とささやかれていたんですか？　どんな人がそんなことを言ってたんですか？」

「ささやかれていただけだから、もちろん聞こえないよ。ただ、そうささやかれてもおかしくなかった」

「全部想像じゃないですか。表彰されたことはあるんですか？」

「自信を持って言うが、一度もない。それが誇りだ。わたしの書をだれが評価できる？　親でさえ、わたしの字を見るに見かねて書道教室に行かせたんだ。それほど偏見はひどかった」

「結局、下手だったんじゃないですか」

「アサハカだな。良寛を知ってるだろう？　言っとくが羊羹じゃないよ。書で有名なお坊さんだ。彼より上手だと自負している」

「良寛は上手下手を超越してたんです」

「それこそわたしの境地だ。上手に書こうという邪心を捨てた境地だ。俗人に評価できるわけがない」

「『良寛より上手』って上手下手にこだわってるじゃないですか。学生が看板に書いたのを下手だとけなすし。第一、あの看板は上手下手にこだわる俗人向けなんです。お気の毒ですが先生の出番はありません」

「だから断っていたところだと言ったんだ」

よけい軽蔑されるところだった。

わたしのW杯

最近、時間がたつのがどうも速すぎると思っていたら、案の定、速くなっていた。今年のある日、地球の自転周期が一・五九ミリ秒も縮まっていたという。

恐れていた通りだ。わたしに残された時間はペースを速めながら減っている。それだけ貴重な時間なのに、不運にも、何の役にも立たず、有害でさえある誘惑が多すぎる。不運にもわたしは誘惑に負けるタイプだ。

W杯も誘惑の一つだ。わたしと同類が多いのか、テレビ中継の視聴率は非常に高く、世界中でW杯に膨大な時間が費やされた。

テレビで観戦する人の多くは、にわかファンだ。にわかファンは、ふだんサッカーに無関心で、W杯のときだけまわりにつられて大騒ぎし、勝てば絶賛、負ければ口をきわめてこき下ろす。サッカー協会の幹部でもないのに、「こんな采配をするなんてありえない。この監督はクビだ」「この選手は眠っているのか。おれが代わってやる」と批判する。W杯になると、こういう連中がはびこり、自分を棚に上げて他人を批判する卑しい根性が蔓延するのが残念でならない。もっと残念なのは、わたしもその一人だということだ。

ただ、言わせてもらえば、にわかファンで何が悪い。砲丸投げ、スケボー、モーグルに日ごろから夢中になっている人がどれだけいるだろうか。日本人選手が勝ちそうなときだけ騒ぐのだ。

中には、サッカーは競技としてつまらないとして興味を示そうとしない人もいる。九十分も闘って一点か二点というのは効率が悪すぎて見る気がしないという。そういう人は、自分の十年を振り返って、一歩でも前進したと胸を張れるのか。

点数が少ないなら、ゴール一回につき一万点と決めればいい。ゴールの回数が少ないならゴールを五倍に広げればいいのだ。

スペイン戦の開始は運悪く午前四時だ。運悪く最近この時間帯は眠れない。不運が重なり、運よく観戦できる。だが、運悪く風邪を引いて微熱がある。しかも運悪くそれに歯痛が加わった。歯茎がパンパンに腫れ、痛くて涙がにじむ。小学生のころから歯の痛みで枕を涙で濡らした夜がどれだけあったことか。歳をとって身体が干からびてきているのに、歯だけは元気よく炎症を起こしている。痛み止めの薬を飲んでもまったく効かない。痛みで涙がにじんだ目で観戦した。

スペイン戦で、ドイツ戦のときと同じく、前半、圧倒的な実力差のうちに簡単に点を取られたとき、この試合は完敗だと確信し、歯痛は増した。その後、逆転し、わたしは洞察力がないのを初めて喜んだ。このとき数分間、歯痛を忘れた。

金星を二つも上げ、予選を突破したのだから、休日にすべきだという声が上がった。これに対して、休日にすべきではないという声は上がらなかった。

だが休日はいらない。日本が勝ったのだからそれだけでもうれしいはずだ。褒美をもらったことに対して褒美を要求するようなものだ。選手たちには「心臓が破れても気にするな。どんなに苦しくても走って走って走りぬけ！」と叫んでいたくせに、自分は何をした？　仕事を休んだだけだ。

勝手に休めばいいだけのことだ。とくに運転や操縦をする人、手術する人、つまらない映画を見る人は、進んで休んだ方がいい。

さっき日本は決勝トーナメントでクロアチアに惜敗《せきはい》した。わたしは前半で日本の勝利を確信した洞察力のなさをあらためて嘆き、歯痛がぶり返した。

日本のW杯は終わった。これで誘惑から解放された。もうこれ以上、貴重な時間を浪費せずにすむ。

ただ欲を言えば、W杯を月に一回ぐらい開催してもらえないだろうか。

筋肉質の身体になるっ！

歳をとっても退屈することはない。毎日のように発見があり、衝撃がある。のんびりと寝転んで本を読むだけでも衝撃を受けるに十分だ。先日もそうだった。本をもっている腕と手が目に入ったとき、一瞬「だれの腕だ？」という疑いに襲われた。細かいシワが一面に広がり、イワシを一週間ほど天日干ししたように、完全に干からびている。こんなものがわたしの腕であるはずがないと思ったが、もしわたしの腕ではないとすると、本をもっているのはだれなのか、そしてわたしの腕はどこへ行ったのかという難問が出てくる。

腕だけではない。その二日前、風呂に入るとき腹を見て「だれの腹だ？」と思った。自分の腹だと思えないほど豊かに盛り上がっている。自分の腹ではないとすると、だれの腹なのか、そしてわたしの腹はどこへ行ったのかという難問が待ち構えている。

類似の現象は以前からあった。鏡で顔を見たとき「どちらさんですか？」と聞きそうになって久しい。最近では鏡を見ないようにしており、万一見ても、鏡を見つつ、顔だけ視界から外す技術を身につけた。

だれの腕か分からなかったと話すと、老人ホームの入居者の女性が「自分の腕かどうか分からなければ、つねってみて痛ければ自分のものよ」と教えてくれた。さすが九十年生きてきただけのことはある。若くてはこういう知恵は出てこない。嘘だと思うなら、小学生以下の幼児に質問してみてもらいたい。

さいわい、痛みの感覚は健在だ。歯の痛みに苦しんだときも、痛む歯が他の人の歯であってほしいとどれだけ願ったことか。どんなに歯を鏡で見ても自分の歯かどうかを確信することは難しいが、痛む歯が自分の歯だと、これほど確信したことはなかった。

人生、捨てる神あれば拾う神あり。腕と腹に衝撃を受けた後、思わぬ援軍が現れた。わたしがやせようとしていることを知った友人がプロテインを送ってくれたのだ。「これを飲んで、身体の出っ張りが筋肉だと思えるようになることを祈ります」ということばが添えてある。

この友人はわたしより数倍もダイエットが必要な肥満体の持ち主だけあって、やせられない状況がよく分かっている。筋肉をつければ細かいシワは目立たなくなる。一挙両得だ。

プロテインの袋には、筋トレした後に飲めと書いてある。筋肉ムキムキにはなりたくないので、腕立て伏せを軽く十回してから飲めばいい。そう思って腕立て伏せをすると、驚いたことに一度もできないことが判明した。大ショックだ。この様子では懸垂《けんすい》も一回もできないだろうし、関係ないが、フェルマーの定理を証明することもできないだろう。仕方なく四股《しこ》を軽く百回踏むことにして、十回やったところで切り上げ、プロテインを飲んだ。一週間後、身体を観察して、友人にメールで報告した。

「プロテインを飲み始めてから、二の腕と腹部がポニョッとふくらんだのですが、これは筋肉でしょうか。筋肉なら効果てきめんです」

すると返信がきた。

「それは筋肉の一種で、ヤワ筋と言います（わたしの造語です）。効果が出てよかったですね」

見た目も触感も脂肪にしか思えないが、実は筋肉が増えたのだ。だが、この男の過去の言動のデータではほぼ信頼度ゼロだ。彼からメールが来ても本人かどうか疑うほどだが、この発言が偶然当たっている可能性まで排除することはできない。わたしの経験では、どんな発言でも偶然当たる確率は〇・二パーセントはある。筋肉質の身体になる夢はかすかに残った。

わたしの買い物

インターネットの通販が安売りセールをするとつい買ってしまう。「安売り」「投げ売り」「期間限定」という語句に弱いのだ。

何を買うかによって人となりが分かる。ブランド物を買う人は女性に気に入られようとしている男か、浮気がバレた男だ。初セリでマグロを買う人は、すしざんまいの経営者だ。ツチヤ本を買う人は、実用性や英知を軽蔑し、仕事をするよりもサボりたがり、周囲から理解されなくても、まわりの無知を憐れむ軽率なタイプだ。なお、買う人の中にわたしの教え子、親戚、知り合いが含まれる確率は〇・〇〇〇二パーセントだ。

今回わたしが買ったのは、ラーメン十玉とこってりチャーシュー一キロとタブレットホルダーの三点だ。ラーメンとチャーシューを買うのだから、ダイエットをするつもりがないことは明らかだ。タブレットホルダーには若干の説明がいる。

わたしは毎日就寝前にベッドで携帯、タブレット、電子書籍用リーダーを見る。良質な睡眠をとる方法を説く本には例外なく、就寝前にスマホ類を見るなと書いてあるが、わたしは意図的に良質な睡眠を犠牲にしている。スマホ類を見ているうちに眠りに落ちる（眠るまで見るのだ）。眠ると手にもっていた機器も、顔の上に落ちるか、床の上に落ちるかだ。

顔に落ちると目が覚める。下手をすると二度と目が覚めない。七百グラムほどのタブレットもあるのだ。機器は無事だが、わたしが無事ではない。

一方、床に落ちても目が覚める。衝撃音と、精密機器が壊れたのではないかという心配のためだ。その上熟睡していない（良質な睡眠を犠牲にしているからだ）。

この苦境を脱するためにはフルフェイスのヘルメットをかぶり、床に座布団を敷くしかない。

そこへ登場するのがタブレットホルダーだ。ベッドの枠に固定し、アームに機器を挟むと、手で支えなくても落ちることはない。心置きなく低品質な睡眠をとることができる。

わたしが買ったラーメンとチャーシューとタブレットホルダーの三点を見れば人間性は一目瞭然だ。わたしはどこまでも自分を甘やかすタイプだ。

世の中には二種類の人間がいる。自分を甘やかす好感のもてる人とそれ以外の人だ。自分に鞭打つ人もいるが、わたしはふだんから色んな人に鞭打たれており、この上みずから鞭打つ必要も理由も根性もない。

そのため生活は不健康だ。自然界は、自分を厳しく律する人しか健康になれない仕組みになっており、わたしには不健康を選ぶ道しか残されていないからだ。

自分を甘やかす性分は生まれつきだ。いつまでも乳離れができず、小学生になっても寝小便をやめられず、寒ければコタツから出ず、用事もないのに動くのを嫌い、そのくせ貧乏ゆすりなど無意味な動きがやめられず、「お前のためを思って」なされる忠告、説教、譴責《けんせき》をする人や書籍を極力避け、やむを得ない場合は聞くふりをしてきた。「わたしのためになる」のは、例外なく自分を厳しく律するものに決まっているからだ。

だが実利一辺倒の世の中にあって、あえて自分のためにならないことを選ぶ姿勢は、ある意味キヨラカではなかろうか。しかもみずからを「オレは高潔無欲な人間だ」と自慢してもおかしくないのに、「自分は自堕落なクズだ」と謙虚にへりくだっているのだ。ホレボレするではないか。

そう考えて罪の意識（一片の良心は残っている）を振り払い、タブレットホルダーを使ってミステリを快適に読んでいると、料理を食べる場面が出てきた。我慢できなくなり、深夜、チャーシューメンを作って食べた。天国だ。こんなに自分を甘やかしていると地獄に落ちそうな気がする。

ストレス軽減法　女を見習え

男より女の方が長生きする。一つには、女の方がストレスが少ないからだ。なぜストレスが少ないのか。

以下はわたしの仮説である。なお、わたしの女性観は、きわめて少数の女性をもとに誇張と偏見と歪曲を加えたものだ。

人間だれでも一度は自分を高めようとするが、それに挫折したときのダメージは大きい。だが女は失敗してもダメージゼロだ。挫折しないからだ。女はエステに行ったり、ダンスを習ったり、服を買ったり、美容院に行っただけで「自分を磨いた」と考えるからだ。

男はまず、自分磨きとは何かを考える。内面を変えないかぎり本質は変わらない。一部の男は、外面にこだわるのは堕落だとして、内面の向上を目指し、長い哲学的探究の末に、とんでもない思想に凝り固まってしまう。ちょうどパリに行こうとして、考えすぎて、亀戸に到着するようなものだ。

服装にしても、女のようにファッション誌の通りにすることを拒否する。次のように考えるからだ。

この服装だとチャラい男に見られるのではないか。男は質実剛健でないと軽蔑されるはずだ。一方、真面目な服装だと、誠実一点張りの面白味のない男に見えてモテないだろう。かといって「ちょいワルファッション」などにしたら、「あ〜ら似合いもしないのに気取っちゃって」と女の嘲笑を浴びるに決まっている。

定型的服装なら無難かと思って、アメカジ（アメリカンカジュアル）、ミャンカジ（ミャンマーカジュアル）、キタセンスト（北千住ストリート）、ケニフォー（ケニアフォーマル）などにすると、個性がないと批判される。だが自分のセンスで独自に選んだ服はことごとく女から笑いものにされてきたから、自分のセンスで選ぶこともできない。

より根本的には、そもそも服装にこだわること自体「男のくせに」と軽蔑されるから、「オレは服装には無頓着だ」と思わせなくてはならない。こうして服装は解決不可能な難問になる。

悩みに悩んだ末に選ぶのは決まって、変人にしか見えない奇怪な服装だ。ちょうど不老不死を求めて艱難《かんなん》辛苦を経た末に、最安のラーメン店を発見したようなものだ。

ダイエットにしてもそうだ。ダイエットは男女ともに挫折するが、男は挫折感と自己嫌悪にさいなまれ、その上、女に「意志薄弱！」と責められ、大きいダメージを負ってしまう。

女はダイエットに失敗すると、驚いたことに「わたしは意志薄弱だ」とは考えず、「このダイエット法は自分に合わない」と考える。こうして自分に合ったダイエット法を探すが、試すダイエット法は①簡単に実行できる②すぐ成果が出ることが必要だ。何しろ旺盛な食欲を我慢するのだから、よほどの見返りがなければ納得しない。だから目に見える結果が迅速に出ることを求めるのだ。

そこで「寝るだけ」（もしあれば）「錠剤を飲むだけ」ダイエットを試し、自分に合わないダイエット法が体重とともに増えていく。

ダイエットに限らない。男を見極めるのも迅速だ。女は、男が鼻毛が出ている、決断が遅い、支払いでポイントにこだわる、食べ方が汚い、服装がダサいというだけで、ただちにクズの烙印を押す。この場合、「この男は自分に合わない」と考えるのかと思いきや、たんに「こいつはクズだ」と断定するだけだ。

完璧な男はいないから、やむなく原石を選ぶが、いくら磨いても輝かない石ころだと分かっても、自分の判断を責めることはない。たんに男を責めるだけだ。

【結論】女のように「自分には一点の非もない」という大前提をもてば、ストレスは軽減できる。

すばらしいリセットシステム

新年という仕組みをだれが考えたのだろうか。一年間たまりにたまった恥や失敗が、年が明けると全部チャラになり、気持ちも新たにゼロから再出発できるという、すばらしい仕組みだ。

ちょうど、借金まみれになって倒産を覚悟していたら、徳政令で借金をチャラにしてもらったような、あるいは刑務所に服役中、生きているうちにシャバには出られないと悲嘆にくれていたら特赦で放免になったようなリセットの仕組みなのだ。

リセットするのは簡単だ。カトリックのように罪を告解する必要もない。忘年会で飲み、年忘れ番組を見て、だれかが除夜の鐘をつけば、それだけで失敗と恥にまみれた身が清められるのだ。晴れ晴れした気持ちで雑煮を食べ、新年特別番組を見て、初詣ですれば完了だ。飲み食いしてイヤなことを忘れ、理由もなく「めでたい」と祝えばいい。これほど簡単なことがあろうか。

たしかに実際に借金や人間関係のもつれがチャラになるわけではない。だが国語や算数の知識も預金もリセットされないのだ。

人間と比べてもらいたい。些事に腹を立て、土下座しても反省文を書いても許そうとしない人間と比べ、新年は何と寛大なことか。

わたしは毎年、新年の仕組みに感謝しつつ、「今年こそは」と決意を新たにしてきた。何十年も経験を積んだおかげで、決意を固めるのは得意になり、挫折するのも得意になった。

わたしが年頭の決意をするのは、向上心が人一倍旺盛だからだ。それなのに向上しないのは、実行力が人一倍不足しているからだ。毎年、正月明けには挫折し、残りの三百六十日を「今年もダメだった」と負け犬の意識で過ごしている。もしリセットしなければ悲惨な一生になる。ただ、リセットすると「今年こそは」と決意し、決意すると挫折し、挫折するとリセットを願う、という悪循環に陥ってしまうのが玉にキズだ。

老人ホームで調べた範囲では、新年の決意をする高齢者は一人もいなかった（調べなかった範囲からも、新年の決意は聞こえてこなかった）。質問しても、まるで量子コンピュータの原理を質問されたような怪訝な顔をされたのだ。

無理もない。どんな自分になりたいかを考えようにも、若いころ目の前に広がっていた可能性が、いまは見当たらないのだ。

子どものころ、可能性は無限にあり、選び放題だった。成長するにつれて、それらの可能性はつぶれていく。才能がない（「歌手になる」）、体格が不足している（「プロレスラーになる」）、実際の仕事に興味がもてない（「社長になる」）、食っていけない（「忍者になる」）などと判明するたびに可能性は消滅する。当然だ。子どものころの、現実を無視した勝手な妄想から目が覚めていく過程が成長だからだ。

妄想から解放され、厳しい現実が姿を見せてくると、決意にしても、片づけをする、ダイエットする、運動する、時間を有効に使う、人にやさしく自分に厳しくといった控えめなものになる。それですら、一年に百回は決心し、数日後に挫折しているのだ。一年に一度でなく、三日に一回リセットしてもらいたい。

決意と挫折を繰り返すたびに自信を失い、謙虚になったが、これ以上謙虚になりたくはない。さいわい、今後は、挫折し続けることはないだろう。挫折する前に、何を決意したかを忘れるようになるはずだ。

現に最近、以前には考えられなかった物がなくなる。台所のスポンジがなくなった一週間後、左のスリッパがなくなり、先日は冷蔵庫から出したゆで卵がなくなった。どこに置いたか忘れているのだ。決意の内容まで覚えているはずがない。

豪胆な勇者かもしれない

自分の本性を知っている人は少ない。だが思いがけず、自分の本性に気づかされることがある。

先日テレビで、餅を喉に詰まらせて死ぬ高齢者のニュースを見たとき、わたしは餅が高齢者には危険だと知りながら、雑煮の餅をロクに嚙みもせず食べている最中だった。このときだ。もしかしたらわたしは大胆不敵な勇者ではないかという考えがひらめいた。天啓に打たれたような衝撃だった。

これまでわたしはまわりの意見に押され、自分は小心者だと思っていた。しかも自分を甘やかし、宿題をやらず、締め切りを守らなかった。小心者にできることではない。実際、締め切り日には苦痛が待ちかまえていた。「明日できることは今日するな」と言ったやつに怒りをぶつけようとして、だれが言ったのかを考えたら、昔の自分だった。

苦労が目に見えているのに先延ばしにしているのだから、進んで苦難の道を歩んでいるのだ。これが勇者でなくて何だろうか。

最近、細かい文字がはっきり見えない。そのためだいたいの見当ですませているが、濁音と半濁音が区別できず、「パパ」「ババ」「パパ」「ババ」「パパ」の区別ができない。ミステリも、だいたいの見当で人名を読んでいるため、殺された人物が容疑者になるなど、つじつまが合わないことがある。想像で修正して読むから、大きく誤解しているかもしれないが、おかまいなしだ。

薬品や機器の説明書は文字が小さい。そのため、効能も用量もはっきりしないまま薬を飲み、半分推測で機器を使っているが、不安を覚えることはないから豪胆と言うしかない。

ハードディスクを交換するときもそうだ。パソコンの内部は暗くてよく見えないから、大体の見当で接続している。まだ大きい被害は出ていないが、まかり間違えば、パソコンが壊れて貴重なメモが失われる恐れがあるが、平気だ。

睡眠だって、熟睡しようというケチな考えはもっていない。ただ最近の睡眠の理論はおおむね正しい。その証拠に、眠る直前までスマホやパソコンの画面を見、運動不足で、日光を浴びないわたしは、ここ何十年も熟睡から遠ざかっている。

買い物にしても、わたしは無駄な買い物を避けようと思いわずらう小心者とは違う。去年の夏、布団乾燥機を買った。冬は暖かい布団に入りたいと思ったのだ。買い方が豪快すぎて、冬は電気毛布を使うことなど脳裡をかすめもしなかった。

事実、冬になっても布団乾燥機は使わず、電気毛布を使っている。電気毛布は身体が乾燥して脱水になる恐れがあるが、電気毛布を推奨温度の最高に設定して、干物になる危険を毎晩冒している。これまで多少干からびた感じがするだけだ。

使わない布団乾燥機の分、部屋が乱雑になったが、意識にものぼらない。当然だ。物が見つからない、見た目がすっきりしない、といった些事に頭を悩ませるのは勇者にはふさわしくない。

またダイエットのためにコーヒーはブラックにし、一週間に五分は四股を踏み、毎朝十キロ走るイメージトレーニングをしているが、むろん焼き芋やスナック菓子を控えるような神経質な人間ではない。体重がどうなっているのか、測定するのもわずらわしいから、体重は不明のままだ。

このように列挙すると、どう見ても豪胆な勇者としか思えない、はずだが、振り返っているうちに、自分のしていることがわれながら怖くなってきた。

もしかしたら、勇者ではなく、とんでもない大馬鹿者かもしれない。

道具にこだわる男

男が軽蔑される点は多々あるが、中でも大きいのは道具へのこだわりだ。男は料理でもカメラでもオーディオでもゴルフでも分不相応なプロ級の道具をそろえたがる。それが無駄な投資に終わるのはほぼ確実だ。

男だって「弘法筆を選ばず」という格言は知っているが、それでも道具にこだわる理由が三つある。①いい道具でないと、自分が悪いのか道具が悪いのか判断がつかない②うまくいかなくて断念する場合、いい道具なら高値で売れる③自分は弘法大師ではない。

サラリーマンの友人がいる。社内で文書を作成するため、パソコンを使っている。この男は文書作成に苦しむたびに、原因をキーボードにあると断定し、キーボードを買い替えてきた。現在は最高級キーボードを使っている。ここまではわたしと同じだ。もちろんキーボードを変えても文章の改善は見られない。

だがこの男はここであきらめなかった。文章の改善が見られないことに業を煮やし、キーボードを自作する道に踏み込んだ。こうして文章力を磨く努力から一歩遠ざかったのである。

そう決めると、はやる心で自作用のキットを買った（道具を買うときが一番心躍るときだ。だいたいキーボードの自作キットを売る商売が成立しているのが驚きだ。なキーボードに活路を見出そうとする男が多いのだ）。だがはんだ付けが必要だ。なぜならはんだ付けぐらいしないと自作にならないからだ。だがこの男ははんだ付けは未経験だ。そのためか、出来上がったキーボードは作動しなかった。壁にぶつかったのだ。

どんな低レベルでも壁は立ちはだかるものだ。だが壁は迷惑ではない。課題に取り組んでいるという実感が得られるからだ。しかも簡単に乗り越えられる壁だ。はんだ付けは練習すれば確実に上達する。文章力は長年練習しても身につかない（わたしを見よ）から、壁の質が違う。

もし乗り越えにくい高い壁だったら、はんだ付けが彼のライフワークになるところだったが、練習すると、はんだ付けはすぐに上達した。壁というより垣根か敷居に近かった。人間、努力すれば何とかなるものだ。文章力を除けば。

彼はキットをもう一つ買って組み立てると、今度は見事、完全に作動した。いくつも障碍があれば達成感も大きかっただろうが、簡単に完成した。簡単すぎるほどだった。完成したキーボードの写真を送ってきたが、ふつうのキーボードを叩き割り、破片を二個拾って「これがキーボードだ」と言い張っているような奇怪な形をしている。見るからに打ちにくそうだ。慣れるには、はんだ付けの十倍は練習が必要だろう。

今後はこのキーボードを使う練習をするのかと思ったが、あっけなく完成したので拍子抜けしたのか、この男は組み立てキットをさらにもう一組購入した。

今度のキーボードはＬＥＤが意味もなく光るという。むやみに光ると気が散りそうに思えるが、この男の情熱はそんな欠点で衰えることはない。完成したら、次々にキットを買っては組み立て、最終的にはキーボード専門店を開くだろう。

いまのところ文章からは遠ざかる一方だが、彼の中では文章力の向上に一歩ずつ近づいているつもりなのだ。実際には、文章で何かを作るよりも、キーボードを使いこなす方がラクだし、それよりもキーボードを自作したり、はんだ付けを練習する方がラクだ。客観的には、この男は、ラクな方へ転落しているように見える。この男だけではない。水は低きに流れるが、人間は易きに流れるのだ。

キーボードは比較的安価だから被害は少ない。わたしは文章力向上のために、目下、パソコン本体とデスクの買い替えを検討しているところだ。

禁止することを禁止する

なぜ禁止するのだろうか。ほうっておくと困ったことをやりかねないからだ。なぜそう思うのか。人間が困ったことをしてきたからだ。わたしもその一人だ。

禁止といっても、飲酒運転の禁止から二度づけ禁止までさまざまだが、問題は「ギャンブルはやめろ」「食べすぎるな」など、「お前のためだと思って」なされる禁止だ。

禁止する者もさまざまだ。「通販で勝手に買うことを禁止する。あなたのためを思って言っているのよ」とおためごかしに禁止する者が一家に一人以上いる。わたしの家にも一人いる。

だが禁止の効果は疑わしい。禁止されればされるほど逆らいたくなるのだ。ちょうど眠ろうとすればするほど眠れなくなり、忘れようとすればするほど、忘れられなくなるのに似ている。

それを逆手にとればいいのではないか。わたしが思いつきそうな軽薄な考えである。だが「ダイエットをするな」と禁止されたらダイエットに励むだろうか。そんな人がいたら「わたしに金を与えるな」とわたしは禁止するだろう。

逆に、推奨したらどうだろうか。わたしが思いつきそうな愚かな考えである。人間は推奨されればされるほど反発する。たとえばわたしの本を買うことを推奨する場合、わたしが推奨するだけでなく、文科省推薦、日本PTA全国協議会協賛、さらに念を入れ、厚労省後援、警察庁認可、財務省黙認、芸術祭参加作品とすれば一冊も売れないだろう。

禁止への反発は自我の芽生えとともに始まる。もし「自我」の中身が禁止への反発だけだとしたら、何と情けないことだろうか。人間に与えられている自由意志を、反発にしか使わないのは、あまりにももったいない。

親切心から禁止されているのに逆らい続けていると、大人になって失敗したことに気づく。「子どもには同じ轍《てつ》を踏ませたくない」と子どもを思う一心で「ああするな」「こうするな」と禁じるが、子どもは反発して親と同じ道を歩む。子どもも反発するために自由意志を使うのだ。人間が長い歴史をかけても人間的に成長しない理由はここにあるのかもしれない。

なぜ禁止された通りに行動しないのか。一つの考え方はこうだ。

「ははん、禁じるのは、よほど楽しいからなんだ。楽しすぎて働かなくなるから禁止しているに違いない。麻薬を禁止しているのと同じだ」と考えるからだ。

だが問題の根は深い。世界の神話や伝承には、禁を犯して悲惨な目にあうという話が山のようにある。

禁を犯すのも当然だ。浦島太郎は玉手箱を渡され、開けることを禁じられたが、箱は開けるためにある。鶴に「覗くな」と禁じられたお爺さんは覗いてしまったが、隙間と目は覗くためにある。オルペウスは冥王に振り返ることを禁じられたが、振り返るために首がついているのだ。禁じられても守れないことばかりだ。こういう禁止は人間性に真っ向から挑戦しているとしか思えない。

これはまさしく、人間に欲望を与えておいて「この欲望を満たしてはならない」と禁じるのに通じる。高カロリー食をとるのを禁じるのなら、自然はなぜおいしいと感じさせるのか。「食べろ」と言っておいて「食べるな」と禁止するようなものだ。開けてはいけないのなら、なぜ乙姫は玉手箱を渡したのか。無慈悲すぎる。人間にはいずれも、生活困窮者に百万円を与え、「使うな」と命じるに等しい。

荷が重すぎる要求だ。

ほしい物が安売りになったというメールが毎日届く。我慢に我慢を重ねているが、限度がある。そう思ってフライパンを注文した。

起の章

説得によるダイエット

ダイエットはどうなった？　心ない知り合いがこう問う。わたしが「心ない」と思う理由は、①「ダイエットに失敗した」という答えを期待している②わたしの知り合いには心ない者しかいないからだ。

わたしは広くダイエットを宣言すればダイエットできるという「宣言ダイエット」を実践しているため、この質問は避けられない。

現状はこうだ。コーヒーをブラックにして以来、苦さを和らげるためスナック菓子を食べているが、それでも三キロ減った。だが急激なダイエットは危険な上、このペースだと十五年後の体重は五グラムになる計算だ。そこでおかきを追加した。おかきは毎日一袋以上食べるまでに増えた。

だが一週間後、おかきはやめた。食べ過ぎで胃の調子が悪くなったのだ。それに塩分と油が気になる（塩と油がなければもはやおかきではない）。そこでおかきをみかんに切り替えた。みかんだけだと栄養がかたよるので、チョコレートも摂取している。

それ以来、体重は測定していない。七十八歳にもなって数字に一喜一憂するのはわたしの美学が許さないことに最近気づいたのだ。

体重は想像で決めていたところ、先日、老人ホームの食堂で入居者の女性から「顔がふっくらしてきたわね」と言われた。わたしが「つい先日散髪したからです。髪の量が減れば、相対的に顔の面積が増えて見えますから」と説明すると、女性は納得した風を装った。

そのときひらめいた。そもそも太っているかどうかはどうやって決まるのだろうか。もし大半の人の体重が百キロ以上なら、八十キロの人は「やせている」と判定されるだろう。太っているかどうかは比較の問題なのだ。

それだけではない。砂糖が甘いかどうかは、大半の人が砂糖を「甘い」と感じるかどうかで決まる。一人一人の「甘い」という判断は主観的だが、全員が「甘い」と判断するなら、客観的事実として甘いことになる（甘さを感じなければ「味覚の異常」とされる）。

太っているかやせているかも同じである。客観的に太っているかやせているかは、個々の人がどう判断するかによって決まるのだ。

ここに新しいダイエット法の核心がある。一人一人が「やせている」と判定し、それが全員もしくは大半の人に広がれば、やせていることが客観的事実になる。

これまでわたしは一切我慢しないでやせる方法を模索し、「論証によるダイエット」などを提唱してきたが、いまひとつ賛同を得るに至らなかった。今度こそは究極のダイエット法を発見したのだ。

だがすべての発見がそうであるように、大変なのはこれからだ。一人一人にわたしがやせていることを説得し、賛同者を増やしていき、人類の大半が「太っていない」と判断するようになれば、太っていないことが客観的事実になる。

さしあたり、散髪していないときは、こう説得するつもりだ。

「いま視野の中に箸が入っていますよね。箸との比較でわたしが太く見えるんです。わたしが象かブルドーザーの横にいたらやせて見えるはずです。比較して初めて大きさが判定できるんです。写真を撮られる女性が、美人の友人よりブルドッグと一緒に撮られたがりますが、これは横にある物との比較によって美しいかどうかが決まるからです。太さも同じです。もし火星で発見された鉛筆状の物体がドラム缶に混じっていたら『細い』とされ、線香の中に混じっていたら『太い』とされるでしょう」

これでは説得に失敗しそうだが、心配無用だ。五人説得するのに費やすエネルギーで体重は減るはずだ。

誤解してくれない

誤解されやすい人もいるが、わたしのように誤解されないのも考えものだ。

これまでわたしは恥をしのんで、自分は怠け者で片付けもできない小人物だと書いてきた。いかにもダメ人間のように思うだろうが、長所は威張らない、計画的な悪事を働かない(計画性がないのだ)など数え切れない。数え切れないならもっと挙げてみろと言われれば、あと三つは追加できる。一カ月後に。

わたしの文章に説得力があるためか、まわりは、わたしが最低の人間だと信じ込んで軽視する者だらけだ。他人の欠点を信じたい気持ちは分かるが、嘘ではないかと疑ってもいいはずだ。「波浪警報」を「ハロー警報」と誤解するような理解力で、なぜわたしの人柄を誤解しないのか?

実際のわたしが超イケメンで、モテまくってきたこと、大富豪とは言わないまでもかなりの富豪であること、多数の受賞歴があることなどは、わたしがあえて伏せてきたからかもしれないが、残念ながら一般には知られていない。もっと残念なのは、わたし自身も知らないということだ。

文章力についても、わたしはふだんへりくだっているが、ある有名作家がかつて「冗談抜きで、あんな名文を見たことがない」と激賞したほどだ（その作家の名誉のためにとくに名を伏す）。ただ、その発言が冗談だったのが残念だ。さらに残念なのは、この有名作家が冗談でホメていたのは、他の人の文章だったことだ。

多少の嘘を混ぜて書けば、ダメ人間のイメージは固まらなかっただろうが、わたしは嘘がきらいだ。この半日間をとっても、苦しげな表情を浮かべるという軽い嘘もついていない（だいたい、眠っている間にどうやって嘘をつけるのか）。

かりにもわたしは学者のはしくれだ。真理を追究してやまない人間である。「栴《せん》檀《だん》は双葉より芳《かんば》し」と言われる通り、小学生のころにはすでに真理への探究心を抑えられなかった。小学校の前の路上で、中年男が親指大の筒を売っていて、筒の前に手をかざすと骨が透けて見える様子を確かめさせ、「服の中もスカートの中も透けて見える」と言ったのを聞いて、十円を投じて購入したほど、探究心にあふれていた。

当時わたしは演歌歌手かプロレスラーを目指していた。どちらも目立つ仕事だから、てっきり自分は目立ちたがり屋だと勘違いしていたが、透視への情熱から分かるように、真理探究の炎は心の底でメラメラと燃えていたのだ。後年、学者として真理探究一筋の生活を地道に歩んできたのも、いま思えば当然の結果だ。

真理を追究するから、万事が本物志向だ。この点では誤解されることもある。知人がわたしの腕時計を見て「本物志向と言うが、だいたいお前がしているその時計だって本物のブランド品じゃないだろう？」と言ったが、正真正銘、模造品の本物だ。

本物志向に加えて、純粋志向でもある。そう言うと、「お前は添加物だらけの物を飲み食いしているじゃないか」と言われる。だが、添加物そのものは無添加の物質だ。元素まで分解すれば、完全に無添加だ。

このように、誤解されても、もともと最低の部類だからより上位ランクの人間と誤解してもよさそうなものなのに、最低の部類からさらに下位ランクに誤解されるのだ。

以上を教え子に言うと、こう諭された。

「誤解されたいのなら、真理を追究していると言う資格はありません。軽視されるのがおイヤなら、真理探究者の旗印を降ろして、嘘でも餅でもついてください。嘘をつけばいま以上に軽蔑されますが、そのお覚悟はあるんでしょうね」

チャットGPTを使ってみた

チャットＧＰＴという対話型人工知能が話題になっている。チャットＧＰＴは、アメリカの医師資格試験、ロースクールの試験、ＭＢＡ（経営学修士）最終試験で合格点を取ったという。ある大学教授が優秀なレポートに疑問を抱き、チャットＧＰＴに「このレポートを書いたのはお前か？」とたずねると、「その可能性があります」と答えたらしい。

試してみた。土屋賢二がどんな人かを英語で質問すると「時代劇やピンク映画の監督でした」と過去形で回答し、作品名を列挙した。

次に日本語で「土屋賢二はどんな人？」と質問すると「日本の俳優、歌手、Ｖ６の一員」と回答。

わたしが「土屋賢二は哲学者でエッセイストです」と指摘すると、「土屋賢二は一九四四年に生まれ、二〇一四年に亡くなりました」と回答。わたしが「土屋賢二は存命中で、ユーモアエッセイを書く哲学者です」と訂正すると、「賢二のエッセイは人間の感情や心理をおもしろおかしく描写し、例えば『グレープフルーツの世界』というエッセイでは」とデタラメな回答。

　回答は質問するたびに変わる。間をおいてわたしについて同じ質問をすると、「日本を代表する俳優。『おジャ魔女どれみ』『機動戦士ガンダムUC（ユニコーン）』洋画『ハミングバード』に出演」と回答。

「『ツチヤの口車』について教えて」と質問すると、「思考を焦点化させるツール」「思考力を高める」と意味不明の回答。

　翌日再び「土屋賢二はどんな人？」と質問すると、「造園家」「京大名誉教授」と答え、再度質問すると「有名なカーレーサー」と回答。「ツチヤの口車」は「正式名称は『土屋圭市とツチヤの口車』で、土屋賢二と元レーシングドライバーの土屋圭市が出演」との回答だ。土屋圭市氏とごちゃ混ぜだ。

　質問の仕方を変えて「週刊文春の『ツチヤの口車』について質問すると、「土屋賢二が名誉教授の称号を利用して若い女性に不適切な言動をとったと週刊文春が報じ、名誉教授を取り消された」と回答した。名誉教授の称号にそんな力があるとは知らなかった。

「哲学者の土屋賢二について教えて」と質問すると、

「『土屋賢二』という名前を持つ哲学者は存在しません。哲学者であるという情報は誤り」と回答した。「土屋賢二のエッセイについて教えて」と質問すると、「代表作として『風が吹けば桶屋が儲かる―土屋賢二エッセイ集』がある」とデタラメな回答。内容は「自身のレース経験やカーライフにまつわる思い出を綴ったエッセイ」と回答。まだ土屋圭市氏が混入している。

わたしが「チャットＧＰＴってどんなもの？」と質問されたら、こう回答する。「対話型人工知能です。回答は部分的に当たっているところや、教えられたこと（映画監督、造園家、アイドル、俳優、カーレーサーもやっているとか、セクハラ事件を起こしたとか、九年前に死んだとか、知らないことばかりだ）もある一方、全体としてデタラメです。回答するたびに言うことがコロコロ変わり、前の回答を訂正せず、次々に別の回答を平然と出すなど、土屋賢二に似ています。土屋賢二は哲学者ではないと断定しながら、土屋賢二の哲学の特徴を細かく答えるなど、矛盾も平気です。断言はしても反省の色はありません。ジョークを作ってもらっても、笑えるものは一つもなく、人生相談への回答は、『日々の努力を続け、時間を有効に使う』など朝礼の校長訓示のようです。総じて面白味のない人が書いたと推定されます。チャットＧＰＴが『ツチヤの口車』執筆の仕事を奪うには数週間かかるでしょう」

強欲な老人

老人は強欲だというイメージをもっているのは、わたしだけだろうか。子どものころ「欲張りじいさん」の昔話で植えつけられたのかもしれないが、たとえば「守銭奴」というと、老人のイメージがある。ハツラツとした若者が守銭奴だということは想像しにくい。

わたしが抱く守銭奴のイメージは、深夜、薄暗い部屋で一人、金を数えて満足の笑いをもらす老人だ（薄暗いのは電気代を節約しているからだ。一人なのはみんなに嫌われているからだ）。もれる笑いは「ワッハッハ」や「テヘヘ」ではなく、「イヒヒ」だ。若者が絶対に立てない笑い声だ。

老人になると分かるが、このイメージは誤りだ。強欲どころか、無欲になる。

若いころは夢（大富豪でモテまくるピアニスト兼哲学者になりたいなど）を抱くが、歳を取ると夢もたなくなる。夢は絶対に実現せず、たとえ実現しても享受するには遅すぎるのだ。

体調が悪くても、若いころと違って、完全な健康は望まない。探せばたぶんガンの一つや二つ、動脈瘤の二つや三つぐらいできていて日々悪化しているだろうが、何とかあと少しもちこたえてくれればいい。常時どこかは痛いが、我慢できる程度なら上々だ。

視力は衰えるが、はっきりくっきり見えなくてもいい。犬はぼんやりとしか見えていないらしいが、生きている間だけでも、犬と同程度の視力があればいい。

聴力も衰えるが、妻が隣室で怒声を上げても聞こえないふりができるし、ロクでもないことば（ほとんどのことばは聞くに値しない）を聞かないですむから、このままでいい。

歯もボロボロだ。抜く予定の歯があり、別の歯の詰め物が取れた。歯は失う一方だが、歯が生えかわるワニがうらやましいとは思わない。何とか食べることができさえすればいい。最終的に歯を全部失っても、口が失われなければいい。

指が何本もヘバーデン結節で痛くてピアノが弾けない（痛くないときからうまく弾けないが）。指がかなり曲がっているから、狙った鍵盤の隣を弾いてしまう。それでもプロの音楽を聴ければいい（妻にはこの状態の方が好評だ）。

鋭い頭脳も不要だ。計算力は小学校三年生程度でいい。たとえ計算できなくても、どうにか日常生活を送ることができれば十分だ。

身体能力も最低限でいい。百メートルを何秒で走れるとか、腕立て伏せを何回できるとか、そんなことはど～でもいい。自力で歩ければいい。歩行補助器が必要になっても移動できればいい。車椅子が必要になっても寝たきりにならなければいい。寝たきりになっても寝る場所があればいい。

もちろん異性にモテようとは夢にも思わない。イヤがられなければ十分だ。妻にもやさしさまでは求めない。叱られたり、床に落とした物や消費期限切れの物を食べさせられてもいい。殺されなければ御の字だ。

金も死ぬまで食えればいいが、必要額は不明だ。死ぬまでの生活費が分からない上に、病気になったら治療費が必要だ。治療費が払えないために死ぬ事態を避けるにはいくら必要なのか不明だ。必要額が分かっても、どこも雇ってくれないから、結局、金の切れ目が命の切れ目になりそうだ。考えれば不安になるが、考えないから問題ない。

それどころか、命にさえ執着しない。高齢女性二人を相手に、イギリス滞在中、親しく話していた人が翌日には死んだなど、あっけなく死ぬ人が多かったと言うと、二人が口を揃えて「うらやましい！」と言った。生きることにも執着しなくなっているのだ。

驚くほど無欲である。すでに超俗の仙人になっているのかもしれない。

自分を責める習慣

これまで毎日のように自分を責めてきた。

「弟から二十円ダマし取ったことが親にバレた。ダマし方に工夫が足りなかった」「うっかり『うん』と言ったために妻にバレてしまった。何と軽率なんだ」「妻に『独善的だ』と言うべきところを『独壇場』と言ってしまった。何と愚かなんだ」「ついテレビを見てしまった。しかも見ながら眠り込み、ドラマの筋が分からなくなった上に、仕事をサボってしまった」「ダイエット中に食べてしまった。三日間のダイエットが水の泡だ」など。

自分を責めるのは自分に厳しいからだ。わたしのように自分を甘やかす人間にかぎってどうしてこうも自分に厳しいのか。

反省した。このままいくと、わたしが一生でやった主なことは「自分を責めた」ことになってしまう。

わたしが自分を責めるのは、ダイエット、禁煙、片づけ、運動、勤勉、慎重な言動に失敗するからだ。失敗するのは①誘惑が多すぎる（本来やるべきことから目をそらす物なら、新聞の論説でさえ誘惑になる）②意志が弱いからだ。

子どものころからたびたび親に「お前は意志が弱い」と言われていた。そのころから素質があったのだ。いま考えても、何度痛い目にあっても株の投機をやめられなかった父親から譲り受けたとしか考えられない。意志が強かったら自分を責めることもなかっただろう。

生まれて初めて意識改革を決意した。まず、根本的な問題を提起した。なぜ意志薄弱ではいけないのか？

意志が弱ければダイエットも運動も続かず、不健康になる。それはたしかだ。だが、健康になりさえすればいいのか。

意志が強ければいいというものではない。意志強固な人の人生を想像するだけでも（一度も意志強固になったことがないから想像するしかない）、耐えがたいほどつまらない。暴飲暴食の楽しみも味わえない。罪の意識に襲われながら自堕落に過ごす快楽も、大事な仕事をサボる喜びも得られない。ギャンブルで負けを確信しながら魅入られたように大きく賭けて一敗地にまみれ、立ち直れないほど打ちのめされる惨めさの甘美な魅力を知ることができない。不健康な生活でどこかに重い病気が進行しているに違いないのに健康診断を怠るやましさ、いろんな義務と責任から逃げまわるストレス、これらを経験しなくてもいいのか。

それらが味わえなくて、どうやって『平家物語』やギリシア悲劇のような破滅の魅力が理解できようか。

考えてみれば、欲望のままにやりたいことをやった上で自分を責める習慣には、どこか不健全なところがある。懺悔や告解で罪が帳消しになるように、「後で自分を責めさえすれば何をしてもいい」というシステムなのだ。「出来心だった」「魔がさした」「本意ではなかった」と言えば許してもらえると考えているのだ。

それならもっと効率的な方法がある。その都度自分を責めるよりも、一括して年の暮れにまとめて責める「除夜の鐘」方式（百八ではとても足りないが）、もしくは、年頭にあらかじめ自分を責めるのをすませておく「源泉徴収」方式にすればいい。

そこまで形式化すれば、自分を責める習慣を撤廃するまであと一歩だ。

自分を責める必要はない。責めても免罪符は得られない。どっちみち行動の結果は、残念ながら他人にふりかかるのではない。自分が全面的に背負うのだ。わざわざ責めなくても、より厳しい結果が待ち受けている。

自分を責めるのをやめて一週間になるが、習慣の力なのか、つい責めてしまう。当面は他人や社会を責めることから始めたい。

貸した本

教え子に電話をかけた。

「本を返してくれないか」

「何の本ですか？」

「分からない。最近物忘れがひどくてね。手元にないんだ。三日間探しても見つからないから、君に貸したとしか考えられない」

「待ってください。何の本か分からないのなら、どうして見つからないと判断できるんですか？」

「名前を知らない工具を探すことも見つけることもできるだろう？　名前は知らなくても、見れば『あの店の人だ』と分かる場合もある。本だって、表紙や厚さは分かっても、タイトルが分からないことがある」

「かりにそうだとしても、わたしに貸したという推論がずさんすぎませんか？　他の可能性がいっぱいあるでしょう？　第一にそもそもその本を買ってない、第二に見つかっていないだけで、家のどこかにある、第三に電車などに置き忘れた、第四にわたし以外のだれかに貸した、第五に家のどなたかが売り払った……」

「続けよう。第六にだれかが侵入して盗み去った、第七に理由もなく物理法則が瞬間的に崩れて本が消滅した、第八に羊が侵入して食べた、第九に突然、その本が存在しない並行世界にわたしが移動した」

「電話切ってもいいですか？　とにかく先生にお借りしたことはありません」

「借りなかったことを証明できるんだね？」

「証明できるとは言ってません。存在しない事実の証明はほぼ不可能ですから。先生の方こそ貸したという事実を証明すべきです」

「君に貸した記憶はあるのに、返してもらった記憶がない。それが証拠だ」

「じゃあ言いますが、先生からお借りしていないことを鮮明に覚えています」

「借りていないことをどうやって覚えるんだ？」

「先生は自分が犬じゃないことをどうやって覚えたんですか？　分かりました！　認めます。第一に本はお返ししました。第二に本は何の参考にもなりませんでした。第三に借りた覚えはありません。あっ、ツチヤ節ではない、ツチヤ節が伝染してしまいました」

「第一にそんな粗雑な理屈はツチヤ節ではない、第二にツチヤ節は利己的な目的に使わない、第三にツチヤ節なるものは存在しない。もういい。あきらめよう。金で返してくれればいい」

「思い出しました！　お金をお貸ししましたよね」

「そんな覚えはない」

「忘れたんですか？　家に帰る電車賃を貸してくれっておっしゃって千円お貸ししました。それが少なくとも三回です」

「学生から借りるわけがない。金に困ったらいつでも相談しなさいと君たちに言っていたほどだ」

「たしかに相談してくれたら銀行の場所を教えるから、とおっしゃってました」

「学生から金を借りるのだけは避けようとしていたんだ。たとえ借りたとしても、他の学生から借りてでもすぐに返したはずだ。三千円も借りたはずがない」

「いえ、三十万三千円です。利子がついているので」

「暴利だ。貸金業法違反だ」

「お分かりですか？　言いがかりをつけられた気分は。本を返せとおっしゃるのもこれと同じです」

「恩師をからかうんじゃない！　教え子に軽視され、わたしの持ち物は減り、部屋に残っているのはクズばかりだ。国際情勢は緊迫、物価は高騰の一途だ。だれが悪いんだ？」

「分かりません。先生が絡んでいること以外は。分かってどうなるんですか」

「分かればそいつを責めることができる。最近、責められてばかりなんだ。ところで本題に入ってもいいかな。わたしはあと二年で八十歳だ。傘寿《さんじゅ》というのを知っているだろうね。八十歳のお祝いで、盛大に……」

電話が切れた。

「若いうちしかできないから」

歳を取ると、分別が出てくるのか（実感はまったくないが）、暴走族に入ったり、楽器を始めるなど、無分別なことはしなくなる。その上、記憶力や判断力は衰え、目はかすみ、耳は遠くなり、筋力も根気も熱意も失われるから、できないことが多くなる。自分の仕事は、静かに隠居することだと納得するようになってくる。

若者は違う。「若いときしかできないから」という理由で、暴走族に入ったり、髪の色を極楽鳥に似せたり、放浪の旅に出たりする。

だが若いうちしかできないことは、外国語をマスターする、数学の勉強をする、階段を上がるのに苦労する老人をおんぶする、若年性高血圧になるなど数多い。なぜそれらを敬遠するのか。無鉄砲なことをしたいだけではないのか。それなら「若いうちしかできないから」と理屈をつけるな。

歳を取ると何もできなくなると思ったら大間違いだ。たしかに夭折することはできないが、それがどうした。くやしかったらいますぐ老衰で死んでみろ。老人ホームに入居することさえできないではないか。

こう心の中で若者を叱っていたが、先日、気づいた。

考えてみると、老人も若者も「若いうちにできる多くのことが歳を取るとできなくなる」と考える点では同じだ。老人も同罪ではないか。

実際には、老人ができることは若者と大差ない。視力や聴力は人工的に補うことができるし、暴走族になることも（高齢ドライバーの暴走は若者よりはるかにコワい）放浪の旅に出ることもできる（帰って来られなくなる恐れが大きいから若者の放浪より危険だ）。根気や熱意が足りない人は年齢に関係なく広く存在する。年齢のせいではない。

老人があれもできないこれもできないと嘆くのは、安逸な生活に逃げ込みたいからではないのか。

歳を取ると、できることは若者と変わらなくても、効率は悪くなる。だが世の中にはハンディを背負いながらふつうの人以上に活躍している人もいる。

さらに囲碁や将棋を見よ。棋士はＡＩに及ばなくても、全力を尽くして人間の限界に挑戦し、人々の感動を呼んでいるではないか。効率や成績にこだわらなければ、たいていのことは能力が劣ってもできるのだ。

それどころか伊能忠敬を見よ。寿命の短かった時代に、四十九歳で隠居すると、五十歳で十九歳下の先生について暦学の勉強を始め、五十五歳で北海道に渡って測量に着手し、日本地図を作成するという気の遠くなる仕事を成し遂げた。この話を知ったとき、わたしは、一念発起して部屋の片付けを始めて三時間後、「片付けをするには人生は短すぎる」と考えて断念した自分を恥じた。

葛飾北斎を見よ。九十歳で死ぬ直前、「天が私の命をあと五年保ってくれたら、私は本当の絵描きになることができる」と言ったという。この逸話を知ったとき、「あと千円あったら勝てる」と言いながらギャンブルで惨敗し、本当の一文無しになったことを思い出し、自責の念にかられた。

歳を取ってから引っ越しのようなストレスのかかることをしてはいけないと言われるが、木彫家の平櫛田中《ひらくしでんちゅう》は、九十八歳のとき家を新築し、何十年も住んでいた家から引っ越しし、その後アトリエも増築した。彼が百歳のとき、彫刻用の木材を三十年分購入した。百七歳で永眠する直前も床の中で、彫刻用の木材の径を測ってくれと言ったらしい。

この逸話を知ったとき、「生きているうちに使い切れないかもしれない」と思って半年分の定期を買うのをためらった昔の自分を恥じた。そして思わずコピー用紙を千枚買おうとして生きているうちに使い切れないかもしれないと思って断念した自分を責めた。

なぜ怖いのか

わたしの妻を知っている人は、わたしを怖い物知らずだと思うかもしれないが、わたしは正真正銘の怖がりだ。地震も病気もジェットコースターも怖い。

だが、なぜ怖がるのか。危害を及ぼす物が怖いのは分かる。だが無害なのに怖い物もある。心底怖いのはこちらの方だ。

たとえば幽霊は怖いが、これは危害を加えるからではない。たぶん日常、意識から締め出している死の世界や超自然を想起させるから怖いのだ。だから自然に触れるとホッとする。

では自然なら怖くないのかというと、自然も怖い。子どものころ谷をはさんで草木のない黒々とした岩石が広がる光景を見て、無生物の殺伐とした世界に足がすくんだ。むき出しの自然、生命の痕跡も見当たらない光景は恐ろしい。たぶん地獄には草木が一本も生えておらず、部屋に一輪挿しも絶対にないと断言できる。

では生物なら怖くないのかと言えば、非常に怖いものが生物の中にいる。

毒をもつ生物（トリカブト、毒キノコ、フグ、サソリ、細菌）は危険だが不気味な怖さはない。

危害の恐れがなくても怖いのはクモとヘビだ。

子どものころ、風呂場にはよく七、八センチもある真っ黒なクモが壁に張り付いていた。父が捕まえて食べるふりをして無害だと教えたが、怖さは一ミリも減らなかった。

無害だと分かっても怖いのだ。有益で絶滅危惧種で高価で幸運をもたらすと思っていても怖いだろう。

バッタは平気なのにクモは怖い。クモは昆虫より足が二本多いからだろうか。そういえば足の多いムカデも怖い。ムカデは刺さなくても震えるほど怖い。

足が少なければいいのかというとそうでもない。ヘビもウツボも怖い（だがウナギやアナゴはおいしい）。

クモの足が八本だから怖いというわけでもない。八という数字は末広がりで縁起がいいはずだ。それにタコは八本足だが、おいしい。八岐大蛇《やまたのおろち》は怖いが、千手観音は怖くない。数は怖さには無関係に思える。健康診断の数値は怖いが。

昆虫と違ってクモには毛が生えている。では毛が怖いのか？　最近の若者が脱毛するのは、女子が体毛を嫌悪するからだ（ハゲを嫌うくせに）。だが犬にもネコにも毛が生えており、だからこそ愛くるしいのだ。クモと同じぐらい怖いヘビにも毛がない。だから毛が怖さの原因とは思えない。

クモやヘビが怖い理由は進化論的に説明されることがある。人類が樹上生活をしていたころ、ヘビと毒グモは天敵だった。進化の過程で、危険を避ける個体だけが生き残り、それが遺伝的に受け継がれてきた。そのため、赤ん坊にヘビやクモの画像を見せると特別な反応を示すという。

だが進化論的説明も納得できない。ヘビを怖がるどころか、平気でヘビを触る人や、飼いさえする人がいるのはなぜなのか。奇怪な深海生物や、ダニやクモの拡大写真など、進化の過程で一度も出会ったことがないはずなのに身震いするほど怖いのはなぜなのか。

これまで納得のいく説明に出会ったことがない。だが恐怖は明確すぎるほどだ。怖い生物がウヨウヨいる中に投げ込まれるぐらいなら、ライオンかクマの群の中に身を投じるだろう。

一番怖いのは、宇宙空間を一人で漂っていて（果てしない宇宙も怖い）、総毛立つほど怖い姿の宇宙人に捕獲され、可愛がられることだ。それぐらいなら、宇宙人が、わたしの姿を死ぬほど怖いと思い、駆除してしまう方がよっぽどいい。

色々想像しているだけでも恐怖で身がすくんでくる。横でテレビを見ながら大福をほおばる妻を見て、ここ数十年で初めてホッとした。

人のやさしさに触れて

久しぶりに感激した。喫茶店でアメリカンを受け取るとき、女店員から「もし濃すぎるようなら、遠慮なくおっしゃってくださいね」といたわるようにやさしく言われたのだ。薄くするには湯を足すだけでいいのだが、胸に大きく響いた。

「それぐらいのことで大げさだ」と思うかもしれないが、それほどやさしさに飢えているのだ。思えば中年のころから世間の風が冷たくなり、いつしか秋風が木枯しに変わり、いまでは自分自身、社会の邪魔者としか思えなくなっている。相手にしてくれる人もいない。たまに近づく者がいたら、オレオレ詐欺か強盗だ。だから店員のやさしさは、わたしにとっては干天《かんてん》の慈雨だった。

数日後、さらに感激した。妻の具合が悪くてすべての家事をやっている中、わたしも風邪で熱が出た上に締め切りが重なる日が続き、心身ともに弱っていた。こんなときに、もう一つ仕事が加わったら（領収書の整理をする、机の上を片付けるなど）ポキンと音を立てて折れてしまうだろう。まして、大地震か火事に見舞われでもしようものなら……疲れが吹っ飛ぶだろう。

このときちょうど何も知らずにメールしてきた友人に、愚痴を書き連ねたメールを返したところ、驚くべき返信が来た。

「僕なんかでよければ力になりますので、できることがあれば言ってくださいね」

驚きのあまり目を疑った。パソコンを疑い、メールソフトを疑い、脳を疑い、意識を疑った。「できることがあれば言ってくださいね」の後に、「言ってくれれば、聞くだけ聞いて何もしませんから」とか「言ってくれれば、家政婦紹介所の電話番号を教えます」とか「言ってくれれば、風邪が治り、原稿がはかどるよう、念を送ります」と続くのではないかと、目を皿にして探したが、余計なことは何も書いていない。「これでおいしい物でも食べてください」と送金した形跡もなかった。

人々が自己中心的になっている時代に、地獄にホトケに思えた。

やさしさに涙が出そうになる。涙を拭くティッシュを探そうとして空腹に気づき、パンを焼いて食べた。

何より、やさしいことばをかけてくれたのが、こともあろうにこの男とは、だれが想像しただろうか。わたしが「わたしのまわりにはロクな者がいない」と書くとき、念頭にあるのは、主としてこの男なのだ。

この男からは、ふだん家で飲むコーヒーを買っている。豆の買い付け、焙煎、販売をしているのだ。腕がいいのか、香りがよく、おいしい。ただ一つ残念なのは、わたしにはコーヒーの味が分からないことだ。

感激がさめないうちに感謝をこめて返事を書いた。

「あたたかいお言葉、ありがとうございます！　おことばに甘えて申し上げます。無給で働く下僕が一人ほしいのですが」

返信のメールが届いた。

「その条件ですと二人おります。若さが売りです。エントリーナンバー一番××彦。あらゆる物を分解するのが好きです。フルスイングで物を投げます。エントリーナンバー二番××子。世話好きなので色々やりたがります。うまくできない場合は癇癪を起こして三十分くらい泣き喚きます」

メールには、わがままいっぱいに育てられたとおぼしき男児と女児の双子の写真が添えられていた。一番厄介な魔の二歳児だ。返事を書いた。

「か、可愛い！　写真が。残念ながら、どう考えてもわたしの方が下僕にされるのが目に見えています。目下、下僕の役を引き受ける余裕はありません。二十年後、要介護になったときにお願いします」

一心不乱になるとき

大谷翔平選手の活躍が世界を驚かせているが、彼の生活ぶりも驚きだ。野球で活躍するには何をしなくてはならないかを逆算し、それに外れた物は一切口にせず（血液検査をして自分に必要な食べ物を摂取している）、トンカツを出されても衣をはがして中身だけ食べるらしい。

筋トレも睡眠も計算ずくだ。健康オタクだからではない。野球をするために必要な身体を作るためだ。加えて、結果が出ないとき、スキル不足のせいなのかコンディションが悪いせいなのかを判断するためにも、身体を万全の状態に保つことが必要だという。

野球という目的に外れるものは徹底的に排除しているのだ。凡人が目的を設定したとたんにそこから外れようとするのとは正反対だ。

だれしも大谷選手に憧れるが、その問題は代償だ。

まず重圧が大きい。結果を期待されるから、一試合に何回もの勝負に勝ち続けなくてはならない。好きな物も食べられず、アヤシげなところにも行けない。友だち付き合いもせず、夜更かしもせず、ゴミを見つけたら拾わなくてはならない。わたしなら心身を病んで早死にするだろう（早死にしても後悔しないだろうし、だれも惜しまないだろう）。

ほとんどの人は、そんなに苦しい思いをするぐらいなら時代の寵児にならなくてもいいと思い、大谷選手を尊敬するだけにとどめる自分に満足するだろう。

これが典型的な反応だろう。だがここには誤解がある。「苦しい思いをするぐらいなら」の部分が間違いだ。おそらく本人は「苦しい」とも「努力している」とも考えておらず、好きなことを追究しているだけだ。命を賭けて高山に挑む登山家や、死ぬ思いで走るマラソン選手と同じく、好きだからやっているのだ。

意外かもしれないが、世間には大谷選手並みにストイックな人が相当いる。寝ても覚めても競馬やパチンコのことばかりという人は少なくない。企業の経営者にもそういう人は多いだろう。一分一秒を惜しんで株や為替取引に全財産を投じる人もいる。学者はみんな一心不乱に研究している。僭越ながら、わたしも数十年間、寝ても覚めても頭の中から哲学の問題が離れたことはなかった。どこへ行くにも論文と辞書を手放さず、食事をしていても、パチンコをしていても、夢の中でも、問題を考え続けた。こういうときは努力しているとも苦しいとも思わない。むしろそうしないでいるのが苦痛なのだ。

もちろんどんなに没頭しても成功するとはかぎらない。結果を出すには素質が必要だ。だが自分にどれだけ素質があるのかは本人にも分からない。というより、素質があるかないかは多くの場合、本人の眼中にはない。わたしは初めて哲学書を開いたとき、一行も理解できず、教えてくれる先生も参考書も存在しなかった。だが環境が整っていないとか素質がないと思ってあきらめる気になったことは一度もない。本当にやりたければ環境や素質が脳裡をよぎることはないのだ。

何十年もの間、一心不乱に打ち込んでも、最後まで結果が出ないことも多い。理系の学者の多くがそうだろう。その場合でも後悔することはまずない。わたしは人生を賭けて失敗してもかまわないと思っていたし、途中で一度、それまでの二十年間の研究が完全な無駄だったと気づいたが、後悔の念は微塵もなかった。

それにしては日常、後悔の連続だ。今日もお礼のメールを出すタイミングを逃して後悔するあまり、不注意に牛乳を床にぶちまけ、それに動揺して、妻への返事が聞きづらいほど小さい声になって注意を受けた。

なぜ毎日後悔続きなのか。一心不乱に日常生活を送っていないのだろうか。

自立の難しさ

わたしの欠点の一つは大人になりきっていないことだ。高齢者にもなって大人でないのはまずい。大人とは自立した人間だ。自立促進連絡協議会の会長慈率即心氏に聞いた。

「自分のことは自分で決める。これが自立であり、自由である。人類は命を賭けて自由を獲得してきた。自分の運命が独裁者の気まぐれで決められてうれしいか？全部を自分で決めれば不満を抱きようがない」

――なるほど。しかも自分で決めたら、他人に責任転嫁できませんしね。女性に「おまかせするわ」と言われてハンバーグを注文すると、それが不味くて「思った通りだわ。ここのハンバーグは不味いと思ってたのよ」と女性に責められました。責任転嫁もいい加減にしろ！

「わたしもそれでどれだけ悔しい思いをしたことか」

――自立のデメリットはあるんでしょうか。

「何事にもデメリットはある。第一に、思い返してみろ。自分で決めることは、偏った食事、スマホの見過ぎ、衝動買い、欲に負け、誘惑に屈し、まるで破滅を望んでいるみたいだ」

――おっしゃる通りです。

「親や先生や家族から注意されたことを思い返してみろ。早寝早起きしろ、ギャンブルをやめろ、規則正しい生活をしろなど、自分の利益になることばかりだ」

――その通りです。

「自分の決めたことに従うとロクでもないことになるのだ。第二のデメリットは、自立が難しいということだ。万引したら捕まるだろう？　店にも意思があるからだ。他人の言うなりになるまいと決心しても、妻に『いつまで寝てるのよ！』と言われたら、眠り続けることができるだろうか。自分で決めても、家族や子どもや犬やネコ、ゴキブリやスズメバチやダニからウイルスに至るまで、みんな自分の意思を勝手に通そうとするから、自分の意思を貫くのは難しくなる」

――抵抗勢力が多すぎる。敵だらけです。

「さらに険しい難関がある。自立を脅かす敵が自分の中にあるのだ。欲望がそうだ。欲望に支配されている人は自立しているとは言えない。恐怖心にとらわれても、感情に流されても、快不快に振り回されても、自立しているとは言えない。それらに支配されずに選択しなくてはならない。難しいことこの上ない」

——欲望にも恐怖心にも感情にも快不快にも左右されない選択がありうるんですか？　どんな選択をしても、欲望なり快不快なり感情なりが根底にあるんじゃないんですか？　困っている人をみて「かわいそう」という感情に動かされる人は自立していないんですか？　それなら自立して何をするんですか？

「そこだよ。自立とは何かが分からないのだ。まさにそれが第三の、最大のデメリットだ。他人の言うなりにならないということしかはっきりしないのだ」

——えっ？　分からないものを「促進」してるんですか？　相談しなきゃよかった。ところで、なぜ前髪で目を隠してるんですか？

「昔、『前髪を切ってひたいを全部出せ』と忠告されたんだ。他人に服従したくないから、前髪を伸ばして垂らしている。顔の半分が隠れて不自由なんだ」

——切るべきです。

「言うなっ！　見ろ。切るべきかどうか分からなくなったじゃないか」

——鼻の頭にご飯つぶがついているのもそうですか？

「そうだ。他人に注意されたから従いたくないが、気になって仕方がない。この一週間、ご飯つぶを落とさないように顔を洗わなきゃならなくて不自由なんだ」

——さっきから鉛筆が鼻の穴に入ったままですが……

「え？　あーっ、癖が出た。指摘されたからもう取れない！　どうしよう」

老人の連休

世の中は連休だ、リベンジ消費だと浮かれているが、老人ホームに浮かれた様子は微塵もない。ふだんと変わりない落ち着いた時間が淡々と流れている。歳を取ると落ち着きが出てくるのだ。以下は連休中の三日間の日記である。

【一日目】休みと言えば旅行だ。観光地はどうか。コロナ前、京都に行くと、街中が外国からの観光客であふれ、まるで台北かバンコクに来たようだった（台北にもバンコクにも行ったことがないが）。少しずつしか歩けない。ミロのヴィーナスが初めて日本に来たときも、モナリザが来たときも見に行ったが、「立ち止まらないでください」とせかされながら作品の前を通過するだけで、感動する暇もなかった。どうせじっくり見ても何の感動も得られなかっただろう。それが唯一の慰めだった。

　歴史的建造物や美術品を見て感動したためしがない。やはり景色を見るのがいい。歳のせいか、景色の素晴らしさはとてつもなく貴重に思える。子どものころは毎日のように丘の上から眼下に広がる瀬戸内海をながめていたが、とくに感動らしいものはなかった。何も考えず、広々とした景色をただ見ていた。それだけで三十分は過ごしていたと思う。いまなら、ただ見るだけで三十分過ごすことはとてもできない。スマホを見て「空白」を埋めるだろう。だが本当に「空白」なのだろうか。疑問の余地がある。

さらに考えた。街中の何でもない路地の風景も、自然の景観と同程度に貴重ではないのか。待てよ。それならこの散らかり放題の部屋の風景も同程度に貴重なはずだ。

こうして、旅行しなくても、部屋の中を見れば同じぐらい貴重なものが得られるという結論に達した。

【二日目】愕然とした。総理との約束をすっかり忘れていた。あわてて調べると、やはり総理は幹事長と会談する約束だ。だが総理の約束を覚えて何になるのか。記憶力の衰えを自覚して、何事も忘れまい忘れまいと思うあまり、余計なことまで覚えていた。バカだった。こんなことに費すほど記憶容量はない。もっと忘れよう。鎌倉幕府の成立が一一九二年というのも、最近異論が出ているらしい。不用な上に異論のある年号など忘れて記憶容量を増やそうとしたが、どうやっても忘れられない。

忘れようと努力するあまり、施設の人から介護について説明を受ける約束をしていたことを忘れていた。

平謝りして改めて説明を受ける日取りを決めた。一件落着とは言えないが、一応のけじめはついた。人生何事も、いい方にか、悪い方にか、とにかく何とかなるものだ。そんな当たり前のことを言い聞かせても、慰めにも励ましにもならないが、何となく落ち着いた気分になるから不思議だ。

夕食にラーメンを作り、おいしく食べていると突然、電話が鳴った（電話が鳴るのはいつも突然だ）。「今日は食堂の夕食を予約しておられますが、どうしますか？」という電話だ。予約してあるのをすっかり忘れていた。予約すると、食べても食べなくても、その分の料金を取られてしまう。やむなく食堂に行って、料理をタッパーに入れて持ち帰り、翌日食べようと冷蔵庫に入れる。それが終わったときにはラーメンはすっかりのびきっていた。

ベッドに入って、気が休まらない一日だったと振り返っているうちに、メールの返事を何日も出し忘れていることを思い出す。三通もある。力をふり絞って三通書き、やっと落ち着いた。

動揺の一日だった。今後記憶力の衰えとともに、動揺は大きくなるだろう。

【三日目】友人の追悼文の締切が昨日だったことをすっかり忘れていた。

ある連休

連休に入ったところで、友人にメールを書いた。

【第一信】お元気ですか。わたしは元気なのか、自覚できないほど悪化した重病にかかっているかです。

先日アドバイスしていただいたワイヤレスイヤホン、ついに買いました。セールで安くなっていたのです。音質は最高です。本当に最高の音質なのか、そう思い込んでいるだけなのか、どちらかですが。

合わせてセール中の卓上スピーカーと野菜の電動カッターを買いました。そろそろ終活に入って身辺整理を始めなくてはならない年齢なのに、物は増える一方です。身辺整理をすべきなのか、それとも後先考えず、欲望を満たすことを優先すべきなのか、どちらかです。どちらにしても、いまさら方針転換は無理ですが。

連休が始まりましたが、おそらく貴兄は会社の仕事から解放されて連休に感謝しているか、家にいて、イヤイヤ期を迎えた双子のお子さんの世話をするなど、家にいる方がキツいことを痛感して連休を恨んでいるかだと思います。

するとと返信がきた。連休中に田舎の実家に子どもを連れて帰省する予定なのに、ぎっくり腰になったという。フビンに思って返信した。

【第二信】連休が本格的に始まる前からぎっくり腰とはお気の毒です。天罰が下ったか、本格的な重大天罰がこれから下るかです。ぎっくり腰は、本当に痛いのか、痛くもないのに痛いと言い張っているのか、他人には判断がつかないため、疑いの目で見られます。本当に痛いにしても、どの程度の痛みなのか、本人のことば以外、不明です。

信用されるかどうかは過去の実績で決まります。過去、信用を落とすようなことをしたかどうか胸に手を当ててみてください。思い当たることがあるか、思い当たることがないか、どちらかです（どちらでもない場合は、専門医の診断を仰いで下さい）。思い当たることがあればもう打つ手はありません。信用されることはありません。腰骨が粉々になったレントゲン写真を見せても信用されません。

一方、思い当たることがない場合も、すでに信用を失っているはずです。なぜかと言うと、仮病やへそくりがバレたことがないから大丈夫だと思うのは大間違いだからです。一度でも「熱が出た」などと不調を訴えたことがあれば、それだけで信用は失墜します。なぜなら「熱が出ても相手に心配かけないよう、何も言わないのが当然なのに、熱が出たことをわざわざ訴えるのは、何かを免除してもらいたいという卑しい利己的理由からだ」と見抜かれるからです。また待ち合わせに五分以上遅れたことがあれば「死ぬ気でがんばれば、前日にでも到着しているはずだ」と本気度を疑われます。約束したプレゼントを品切れで買えなければ「なぜ一週間前から並ばなかった？」と批判され、ゴキブリ、地震、クマ、強盗を怖がれば「怖がってどうする！　自分の命を投げ打ってでも家族を守れ！　幻滅した」と痛罵されます。これらが一回でもあれば取り返しはつきません。信用度はゼロです。

結局、お子さん連れで帰省して腰痛が悪化するか、あるいは帰省を断念して、ご両親とお子さんの失望と奥さんの怒りを買い、今後、何を言っても信用されず、家族全員から軽蔑されるようになるか、どちらかです。

今後、貴兄がわたしと同じ苦労を背負って歩む未来を思い、同情のあまり、居眠りしてしまいました。

目が覚めて自問しました。こんなメールを書いて貴重な連休の時間を浪費していいのか。もっとまともなことをするか、もっとまともなことが何なのかを考えるか、その前にもう一寝入りすべきではないのかと。

ちょっとGPT

　チャットGPTが出現して以来、同種の対話型生成AIが続々誕生している。中にはいい加減なものも出てくるだろう。以下のような「ちょっとGPT」が出現する恐れもある。

――ダイエットを始めて二十年になりますが、過食がやめられません。やめる方法を教えてください。

「いくつか考えられます。

①貧乏になる。食べるにも困るほど貧乏になれば食べるにも困るようになります。楽しく貧乏になるにはギャンブルが効果的ですが、勝つ恐れもあるので、全財産を寄付するのが確実です。

②食べ物が自由に入手できない場所で暮らす。無人島や食糧危機の国に移住する、刑務所に入る、深い涸れ井戸に落ちるなど。

③病気になる。胃腸の病気になれば食欲がなくなります。また寄生虫を体内に飼えば食べても太りません。胃腸に限らず、重病になれば食べられなくなるので、暴飲

暴食を続けて重病になる方法も考えられます。
④意地悪な人の養子になる。継母が意地悪でロクな物を食べさせてもらえず、水汲みなど過酷な労働を強いられますから、ダイエット的には最適です」
——選挙の投票率を上げる方法を教えてください。
「次の方法が考えられます。
①金で釣る。マイナンバーカードの加入者に金を出すことにしたとたん、加入者が増え、金で釣る方法の有効性が立証されました。この手法は投票にも応用できます。投票すればお金が振り込まれる仕組みを作れば投票率は上がります。その際、マイナンバーカードを銀行口座に紐づけた人にだけ振り込むようにします。数年後、財源不足を理由に、投票した人には振り込まず、投票しなかった人の口座から罰金を徴収する仕組みに変更します。財政的にも好都合です。
②ギャンブルの採用。ギャンブルの要素を取り入れます。投票した人は一枚三百円（一等一億円）で宝くじを買う権利をもらえます。別に、馬券に相当する当選券（当選者投票券）を買う権利ももらえます。全国の当選者の得票順位を当てれば払戻金がもらえ、競馬にならって、単勝、複勝、枠連、三連単、三連複、ワイドなど種類を作ります。これも財政上好都合です」
——必読のミステリを教えてください。

「定評ある古典として、次の作品が挙げられます。
①『アデノイド殺人事件』アガサ・クリスピー
　名探偵リキュール・ポアレが、アデノイド肥大の治療薬に毒物を混入する計画を書いた医師のノートを発見。だが被害者はアデノイド肥大ではなく、薬嫌いでもあったことから、ノートは医師を陥れようとする犯人のねつ造だと見抜く。だがポアレはさらに推理を重ね、真犯人はまさにその医師であると結論づけ、人々の喝采を浴びる。だが真犯人は別にいることを家政婦は知っていた。ドンデン返しの傑作。
②『シャーロット・ホームズの保険』アーサー・コナン・ドリル
　ベイカー街のパン屋の娘シャーロットが、見当違いの推理をした結果、偶然犯人が当たり、名声を博するものの、五回に一回は外れ、冤罪を生んでしまう。悩んだシャーロットは中国人の助手、王《ワン》と孫《ソン》の助言を受け、冤罪保険に入る。引退後、他の探偵の解決にも冤罪の可能性があることの証明に余生を捧げたが、その証明も誤っていた。
③『モーグル外の殺人』エドガワク・コイワ・ゴ
　モーグル競技のオリンピック金メダリストが、練習を終えて帰宅途中、何者かに殺害され、モルグ（死体安置所）のそばに住むモグラの親子の関与が明らかになるという意表をつく展開。犯行現場に残されたゴーグルが決め手になる」

代わりにやってもらえないもの

われわれは多くを他人に頼っている。毎日食べる野菜、肉、魚を作っているのは他人だし、歩いている道路を作ったのも他人だ。住んでいる家を作ったのは膨大な数の人々だ。設計、建築資材（たとえば木材）の伐採、運搬、加工、運搬するトラックの製造、石油の採掘やガソリンの精製、ガソリンスタンドの建設など、無数の人々が担当している。スマホに至っては、設計、筐体《きようたい》製造、半導体や電池の製造、それらの原材料の調達、製造、販売、インターネット回線の構築・維持、発電など、何人が関わっているのか見当もつかない。

記憶はスマホのメモ、計算は電卓まかせ、漢字変換はパソコンまかせだ。生活のほとんどを他人やコンピュータに丸投げしているおかげで、膨大な自由時間が手に入る。その時間を、テレビや映画やギャンブルに使っているが、それでさえ、早送りで見、ＡＩにあらすじを教えてもらい、ギャンブルもＡＩに丸投げすれば、さらに時間が余る。

そうなると、人間はすることがなくなりそうだが、そうはならない。他人まかせにできないものが三種類ほどあるからだ。

【1】他人にまかせることが絶対に不可能なもの。

ジムで鍛える、風呂に入る、歳を取る、風邪を引く、生きる、眠る、食べる、ドラマを見る、痛がる、死ぬなど、だれかに代わってもらうことは不可能だ。

【2】他人や機械に代わってもらうことは可能だが、代わってほしくないもの。

砂遊びをしている幼児に「AIやロボットが代わりにやってくれるよ」と言っても、幼児はやめようとしないだろう。

趣味で家庭菜園をやっている人なら、菜園の作業は他人にまかせないだろうし、釣りをする人に「魚屋に行けば大きい魚が手に入るよ」と忠告しても釣りをやめないだろう。たどたどしくピアノを弾いている人に「上手な人に代わりに弾いてもらったら？」と助言したら「代わりに弾いてもらうぐらいならCDを聞く」と答えるだろう。これらの場合、他人に代わってもらうのは、ミステリを読んでいる途中で犯人を教えてもらうに等しい。一番おいしい部分を他人に譲るのだからうれしいわけがない。

最近登場したチャットGPTによって、俳句や詩や小説を書く創造的仕事までAIに奪われる可能性があると言う人もいる。だが将棋AIが作られてもプロ棋士は減らず、バッティングマシンが作られても投手になりたがる人は多い。ＡＩの登場で文章のプロになるのは難しくなるだろうが、詩や小説をＡＩにまかせるのは、映画を代わりに見てもらったり、音楽を代わりに聞いてもらったり、料理を代わりに食べてもらうようなものだ。芸術的なものはみずから創造するところに面白さがあるからだ。

【３】代わりにやってもらうこと自体に根本的な問題があると思える場合。

毎日の仕事を【２】の釣りや砂遊びの延長として考えることはできないだろうか。『荘子』には、水汲みを飛躍的にラクにする「はねつるべ」が発明されたのに、それを使うのをかたくなに拒み、非効率的なやり方で水を汲む老人の話が出てくる。たぶんこの老人は、水汲みの重労働を、幼児が砂遊びをする気持ちで楽しんでいるのではないかと思える。水汲みの仕事を好きでやっている人に、「便利な装置を使うと簡単だよ」「ロボットが代わりにやってくれるよ」などと教えても、鼻で笑われるだけだろう。

最近、毎日食器洗いをしているが、「食洗機を使ったら？」との忠告を鼻で笑っている。使い方を知らないのだ。

解説

荻野アンナ

関西の、とある老人ホームの一室である。

「先生のご本の解説を書かせていただきます、荻野です」

老紳士は柔和な笑顔を崩さずに言った。

「汚くしていますが」

「いいえ、いい感じです。殊に机の上。おもちゃ箱をひっくり返したようです」

「おもちゃ箱ってそれ誉めてませんよ」

「ああ、これがエッセイに出てくるペン立てですね」

二十本ほどの筆記用具が「ギチギチに」入っている。これに新たなボールペンを「無理やり押し込むと、一本だけ飛び出てしまう」。わが家もまさにそれで、一本だけ飛び出たペンが手に取りやすいので、他を差し置いてその一本ばかり使っている。ところが先生は「きれい好き」なので、ペンが一本飛び出た状態は「耐えられない」。新たなペンの置き場所を巡って懊悩する有り様が一篇になっている。

　机周りにモノが氾濫している描写は見事である。私が殊に身につまされたのは、以下の箇所だ。

〈さらに、送られてきた年金や保険料の支払いなどの書類がある。何をどうすればいいのか理解できないまま、「時間が解決する。もしくはわたしまたは関係者の死が解決する」ことに望みを託して放置してある。〉（「ボールペン一本分のスペース」）

　普通なら書類を放置、で済ませてしまうところだが、「時間が解決する。もしくはわたしまたは関係者の死が解決する」というツチヤ節が事態のもたらすリアルな気分を活写している。巧いだけの文章ならば真似すればよい。しかしツチヤ節は小説系の文体ではなく、背後に哲学があるから、他の人がやれば二番煎じになってしまう。

「わたしが哲学者だからと、買い被っているだけではありませんか」

「命題を解決するために関係者の死まで視野に入れて論じている。そういうフリをすることで、努力して自分で書類に記入する、あるいは人に聞く、という当たり前の解決策が読者に見えなくなります」

「詭弁だとおっしゃりたいわけですね」

「詭弁、上等。今の日本の文壇やジャーナリズムに一番不足しているのが、楽しい詭弁だと思うんです。こう見えてわたくし、弁論術は少々齧《かじ》っておりまして」

アリストテレスの『弁論術』は弁論を審議的なもの、法廷用のもの、演説的なものに分けている。審議的なものは政治弁論と置き換えてもいいかもしれない。中で一番文学に近いのは、演説的弁論となる。具体的には賞賛と非難を目的とする。まじめなものを誉める練習として、ヘンなものを誉める、という伝統も西欧にはあった。

「シュネシオスはハゲを誉めました。人間、若くて愚かな時は毛がフサフサで、歳をとって賢くなると毛がなくなる。ゆえにハゲは尊いのです。また、球体というのは完璧を表しています。宇宙における球体は恒星、地上における球体はハゲ。先生は見たところ完璧には程遠いようですね」

「それはハゲましてくれてるんですか」

「いいえ、誉めているんです」

「ヘンなもの誉め、ですか」

「こりゃ一本取られました」

「この本の中で、わたしはヘンなもの誉めてますかね」

「ヘンなもの誉めは、さっきのハゲを別にしても、普通嫌がられるものを扱います。

病気、ハエ、暴君、痴愚、借金。平均寿命の延びた今日びでは老年も入るんじゃないでしょうか。失礼ですが先生ももうじき八十歳。老いることがひとつの大きなテーマと拝察します」

「強欲な老人」というエッセイでは、肉体の老化にひとつひとつ考察を加えていく。〈聴力も衰えるが、妻が隣室で怒声を上げても聞こえないふりができるし、ロクでもないことば（ほとんどのことばは聞くに値しない）を聞かないですむから、このままでいい。〉

「これは老いの逆説的賛美ではないでしょうか。老いといえば、先生が若い人に心の中で啖呵を切る場面が大好きです」

〈歳を取ると何もできなくなると思ったら大間違いだ。たしかに夭折することはできないが、それがどうした。くやしかったらいますぐ老衰で死んでみろ。老人ホームに入居することさえできないではないか。〉（「『若いうちしかできないから』」）

「無茶苦茶な理屈で、思わず笑っちゃいますが、笑いの中で老衰や老人ホームがきらりと輝く一瞬があります。マイナスかけるマイナスがプラスに変じるように、現実が受け入れやすくなる一瞬が詭弁の中に宿ります。

アリストテレスに戻ります。賞賛のやり方なのですが、類語を使って誉める、というのが基本です。例えば『無謀な人は勇気のある人、浪費癖のある人は気前のよい人』。同じやり方で、先生は自分のことを『大胆不敵な勇者』だというのです。例を挙げておきます」

〈薬品や機器の説明書は文字が小さい。そのため、効能も用量もはっきりしないいま薬を飲み、半分推測で機器を使っているが、不安を覚えることはないから豪胆と言うしかない。〉（「豪胆な勇者かもしれない」）

「他に、薬を『用法用量もはっきりしないまま』飲んでいることを、『太っ腹』と称している箇所もあります。そんな自分のことを『とんでもない大馬鹿者かもしれない』とフォローするのがツチヤ節の味のあるところですね。小心で易きに流れるわたし、が根底にあるから、大胆な逆説を読者は受け入れられる。ところで、まだ出ないんですか？」

「出るって、お化けか何か？」

「ご冗談を。コーヒーですよ」

「こりゃ驚いた。自分から催促する人は初めてです」

「先生のエッセイにはしょっちゅうコーヒーが出てくるんで、飲みたくなっちゃうんですよ。豆にもこだわっていらっしゃるとか」

「たしかにこだわってはいます。ただ、わたしは苦いのが苦手なので、大量のクリームと砂糖を投入していました」

「わたしはブラックでいただきますが、先生の文章を読んでいると、自分が邪道のような気がしてきます。大量のクリームと砂糖の入ったコーヒーはおいしい。しかし、クリームと砂糖だけでは物足りない。コーヒーという『隠し味』が必要だからだ。この段階で哀れコーヒーは隠し味に降格されてしまいます。その次にカレーの比喩がきます」

〈しかしカレーに醬油を隠し味に入れるとおいしいからといって、醬油だけ飲んでも塩辛いだけだ。それと同様に、コーヒーだけを飲んでも苦いだけだ。〉（「ブラックで飲むコーヒー」）

「論理のすり替えなんですが、不思議な説得力があるので、半分納得しちゃうんです。少なくとも一回はクリームと砂糖を盛ってコーヒーを飲んでみようという気になります」

「今のうちにはクリームも砂糖もありませんよ。苦いのを我慢してブラックにしたら三キロ減りましたからね」

言いつつツチヤ先生はカップをわたしの前に置いた。テーブルには、ちょうどカップ二杯分のスペースが空いていた。

一口飲んだ先生は、顔をしかめて、傍らのスナック菓子の袋に手を伸ばした。わたしは自分のバッグから板チョコを取り出した。

「実はわたしも、コーヒーだけ、は苦手なんです。必ず甘いものを一緒にいただくんです。せっかくご馳走になったし、気を入れて先生を誉めることにします。先生の本は逆説だらけですが、ごく稀にシリアス・ツチヤが顔を覗かせることがあります。数十年というもの、学者として研究に一心不乱だった、というのは最初は眉唾かと思いました。しかし予想したどんでん返しはありませんでした。次の一文で、わたしは思わず姿勢を正しました」

〈わたしは人生を賭けて失敗してもかまわないと思っていたし、途中で一度、それまでの二十年間の研究が完全な無駄だったと気づいたが、後悔の念は微塵もなかった。〉(「一心不乱になるとき」)

「これ、かっこいいですよ。あれ？　先生？」

先生の姿は消えて、後に柔和な微笑みだけが残っていた。先生はチェシャ猫だったんだ。納得したところで目が覚めた。机に突っ伏して寝ていたと分かるまでに数秒かかった。目の前のパソコンの画面は白い。

（作家）

文春文庫

急《いそ》がば転《ころ》ぶ日《ひ》々《び》

定価はカバーに表示してあります

2024年3月10日　第1刷

著者　土《つち》屋《や》賢《けん》二《じ》
発行者　大沼貴之
発行所　株式会社 文藝春秋

東京都千代田区紀尾井町 3-23　〒102-8008
TEL 03・3265・1211㈹
文藝春秋ホームページ　http://www.bunshun.co.jp

落丁、乱丁本は、お手数ですが小社製作部宛お送り下さい。送料小社負担でお取替致します。

印刷製本・TOPPAN

Printed in Japan
ISBN978-4-16-792190-3

（　）内は解説者。品切の節はご容赦下さい。

われ笑う、ゆえにわれあり
土屋賢二

愛ってなんぼのものか？　あなたも禁煙をやめられる、老化の楽しみ方、超好意的女性論序説などなど、人間について世界について徹底的に考察したお笑い哲学エッセイ。（柴門ふみ）

つ-11-1

無理難題が多すぎる
土屋賢二

何気ない日常にも哲学のヒントは隠れている。「妻になる！」と決心したり、「老人の生きる道」を模索したり、野球解説を考察したり――笑い溢れるエッセイ集。（西澤順一）

つ-11-23

年はとるな
土屋賢二

「引きこもり予防法」『人は見た目が10割』『人工知能に対抗するには』『笑いは不謹慎か』など哲学的思考で笑って目指す究極のアンチエイジング？エッセイ六十篇収録。（麻生俊彦）

つ-11-24

そしてだれも信じなくなった
土屋賢二

やたら待たされる銀行、〇〇するだけダイエット、敬語の存在意義。「だれも信じられない」出来事の数々に出会った哲学者が生み出す極上のユーモア・エッセイ六十篇。（荒井泰子）

つ-11-25

日々是口実
土屋賢二

異常気象、70代のスーパーボランティア、まさかの自身の骨折。そして老人ホームに入居？　ツチヤ教授の日々は慌ただしくも、思考の糧に満ちている。文庫オリジナル。（土屋幹雄）

つ-11-26

不要不急の男
土屋賢二

コロナ禍だ。「不要」とは「不急」とは何か。哲学者の真価が問われる。休校を嘆く小学生に驚いたり消毒液を逆噴射したり、教授の〝相変わらずの生活様式〟ここにあり。（九螺ささら）

つ-11-27

水道橋博士
藝人春秋
北野武、松本人志、そのまんま東……今を時めく芸人たちを、博士ならではの鋭く愛情に満ちた目で描き、ベストセラーとなった藝人論。有吉弘行論を文庫版特別収録。（若林正恭）
す-20-1

水道橋博士
藝人春秋2
ハカセより愛をこめて
博士がスパイとして芸能界に潜入し、橋下徹からリリー・フランキー、タモリまで、浮き沈みの激しい世界の怪人奇人18名を濃厚に描く抱腹絶倒ノンフィクション。（ダースレイダー）
す-20-2

先崎　学
うつ病九段
プロ棋士が将棋を失くした一年間
空前の将棋ブームの陰で、その棋士はうつ病と闘っていた。孤独の苦しみ、将棋が指せなくなるという恐怖、復帰への焦り……。発症から回復までを綴った心揺さぶる手記。（佐藤　優）
せ-6-2

田辺聖子
老いてこそ上機嫌
「80だろうが、90だろうが屁とも思っておらぬ」と豪語するお聖さんももうすぐ90歳。200を超える作品の中から厳選した、短くて面白くて心の奥に響く言葉ばかりを集めました。
た-3-54

立花　隆
死はこわくない
自殺、安楽死、脳死、臨死体験……。長きにわたり、生命の不思議をテーマとして追い続けてきた「知の巨人」が真正面から〈死〉に挑む。がん、心臓手術を乗り越え、到達した境地とは。
た-5-25

田中澄江
花の百名山
春の御前山で出会ったカタクリの大群落。身を伏せて確かめた早池峰の小さなチシマコザクラ――山と花をこよなく愛した著者が綴った珠玉のエッセイ。読売文学賞受賞作。（平尾隆弘）
た-14-5

高峰秀子
わたしの渡世日記（上下）
複雑な家庭環境、義母との確執、映画デビュー、青年・黒澤明との初恋など、波瀾の半生を常に明るく前向きに生きた著者が、ユーモアあふれる筆で綴った傑作自叙エッセイ。（沢木耕太郎）
た-37-2